Delphine de Vigan

当代法语获奖小说

忠诚

LES LOYAUTÉS

〔法〕德尔菲娜·德·维冈 著
林苑 译

人民文学出版社
PEOPLE'S LITERATURE PUBLISHING HOUSE

著作权合同登记号　图字 01-2019-5807

Delphine de Vigan
Les Loyautés

图书在版编目(CIP)数据

忠诚/(法)德尔菲娜·德·维冈著;林苑译.—
北京:人民文学出版社,2020
(当代法语获奖小说)
ISBN 978-7-02-015690-0

Ⅰ.①忠…　Ⅱ.①德…②林…　Ⅲ.①长篇小说-法
国-现代　Ⅳ.①I565.45

中国版本图书馆 CIP 数据核字(2019)第 188972 号

责任编辑　**卜艳冰　何炜宏　郁梦非**
装帧设计　**钱　珺**

出版发行　**人民文学出版社**
社　　址　**北京市朝内大街 166 号**
邮　　编　**100705**
网　　址　**www.rw-cn.com**

印　　刷　**山东德州新华印务有限责任公司**
经　　销　**全国新华书店等**

字　　数　**79 千字**
开　　本　**889 毫米×1194 毫米　1/32**
印　　张　**4.625**
版　　次　**2020 年 8 月北京第 1 版**
印　　次　**2020 年 8 月第 1 次印刷**

书　　号　**978-7-02-015690-0**
定　　价　**39.00 元**

如有印装质量问题,请与本社图书销售中心调换。电话:010-65233595

忠诚。

是把我们和他人——生者也好，死者也罢——拴在一起的无形纽带，是我们喃喃私语、不期回声的承诺，是不宣的忠心耿耿，是与自己达成的契约，是让人甘于盲从的指令，是记忆的褶皱里掩藏的旧债。

是我们体内尚未苏醒的童年法则，是让我们借以挺直脊梁的价值，是令我们敢于抗争的底气，是啃噬我们、囚禁我们的蒙蒙规训。我们的羽翼，我们的枷锁。

是我们借以发力的跳板，是我们埋葬梦想的阴壕。

艾莲

我觉得有人欺负这个孩子，这个想法来得很快，也许不是头几天，但反正是开学没多久。他站立的样子，他躲避目光的方式，有点不对劲的地方，我能看出来，我太熟悉了，无非是想隐身消融，或者干脆变得通体透明。但在我面前，这一套行不通。拳脚，我小时候挨过，伤痕，被我死死捂住，所以啊，别给我来这一套。我说他是个孩子，是因为这个年纪的男孩吧，说实话，真得看看他们的模样，他们的头发细软得跟姑娘似的，嗓音细得像小拇指[①]，一举一动总是透着点迟疑，得看看他们惊讶起来眼睛圆睁的表情，他们挨骂时双手绞在背后、嘴唇哆嗦的样子，天地良心，你都不忍心怀疑他们。然而，真正的离谱蠢事绝对是从这个年纪开始的。

开学几周之后，就提奥・吕班的问题，我请求与校长见面谈一谈。我解释了好几遍。不，没看到伤痕也没听到知心话，只是这个学生的态度有点……怎么说呢，有点自我封闭的意思，有种奇怪的躲躲闪闪的样子。讷穆尔先生

---

① 十七世纪法国童话作家夏尔・佩罗的散文童话《小拇指》的主人公，樵夫一家七个孩子中年纪最小的一个，出生时身形只有拇指大小。

先是发笑：躲躲闪闪，班上的学生不是一半都这样吗？对，我当然知道他在说什么：为了不被点名提问，他们坐着坐着总是往下缩，或者把头埋进书包里，或者突然两眼直勾勾地盯着桌面，冥思苦想起来，好像事关整个街区的生死存亡。这种学生，我头都不用抬就能认出来。但这回情况不一样。我问，关于这个学生和他的家庭我们都知道些什么。他的档案里应该能找到点东西，评语或以前的记录之类的。校长仔细看了成绩单上的评语，的确，好几位老师上学年都注意到了他的沉默寡言，但没别的。他大声给我读了出来，“性格非常内向”，“须参与课堂活动”，“成绩优良但过于寡言”，我不一一赘述。父母离异，这孩子由双亲轮流监护，司空见惯。校长问我提奥在班上是否有要好的男同学，我不能说没有，因为他们俩总是黏在一块，他们很合得来，都长着天使面庞，一样的发色，一样白净的肤色，简直像双胞胎。他们在操场上的时候，我总会透过窗户观察他们，他俩像某种水母，一受惊就抱成一团，一有人靠近就收缩，等危险过去才又伸展开来。提奥难得一见的笑容我见过几次，都是在他跟马蒂斯·纪尧姆单独相处且没有成年人僭越其安全区的时候。

唯一引起校长注意的，是上学年学校护士的报告。报告并没有归入行政档案，是弗雷德里克建议我去医务室查阅的，万一有用呢。五月底，提奥曾经要求离开课堂。他说他头疼。护士提到他有躲躲闪闪的表现和混乱的症状。她发现他的眼睛发红。提奥解释说他总是很长时间才能入睡，有时候甚至整宿失眠。她在报告的最下面用红笔写着“该生身心脆弱”，而且在字下面画了三道线。接着，她八成是合上了文件夹，把它放回柜子里，这事就算了结了。我也没法去细问，因为她已经离职。

如果没有这份文件，我可能永远也没法让新来的护士把提奥叫去检查。

我跟弗雷德里克说了，他看起来有些担心。他说我不该对这事这么上心。他觉得我这一阵子很疲惫，“一碰就暴跳”，这是他的原话，我立马想到我父亲放在厨房抽屉里的刀，一把带锁的折叠刀，谁都能拿到，他一烦躁就拿出来把玩，一开一合，试图在机械、重复的动作里找到平静。

提奥

这是一股他无法用言语描述的热浪，它在燃烧，火光熠熠，既疼痛又快慰，这一刻很短暂，一只手的指头能数得过来，它应该有个名字，他说不上来，化学的或生理的，能描述它的力度和烈度，一个跟燃烧或炸裂或爆燃有关的字眼。十二岁半的他，如果坦诚回答大人们爱问他的这些问题，“你想从事什么工作”，“你喜欢什么”，“你长大了想做什么”，如果不是担心身边仅剩的最后支点当场崩塌的话，他会毫不犹豫地回答：我喜欢感受酒精在我的身体里流动。先从嘴开始，喉咙接触液体的那一刻，然后是热浪下到胃里那几分之一秒，他可以用手指跟着它走。他喜欢这股温潮的热气抚摸他的后颈，然后像麻药一样扩散到四肢。

他对着瓶嘴喝，咳了好几下。马蒂斯和他面对面坐着，看着他，发笑。提奥想起小时候母亲给他读的绘本里的龙，庞大的身躯，眯成细缝的眼睛，咧开大嘴，露出比恶狗的獠牙还要尖锐的牙齿。他真想变成一头这样有蹼足的巨兽，能把所有一切通通烧掉。他深吸了一口气，再次把瓶口送到嘴边。他任凭酒精麻醉自己，然后试图想象酒精的路径，此时，他脑子里唤起了一幅图，那是德斯特雷老师在课堂上发的，她要求他们在图上标出每个部位名字，“标明苹果的路径，指出参与消化的器官”。想到这幅图他笑了，他给改了一下：“标明伏特加的路径；用颜色标出；计算头三口酒到达血液所需的时间……”他兀自发笑，马蒂斯因为看见他笑，也笑了起来。

几分钟过后，有什么东西在他脑子里炸开了，像是一扇门被人一脚踹开，一阵风猛地拔起空气和尘土，现在他脑子里出现的画面是美国西部的酒馆，有人大喝一声，弹簧门被冲开。瞬间工夫，他成了脚踩皮靴的牛仔，正往黑咕隆咚的吧台走去，他的靴刺刮着地面，发出粗闷的声响。他双肘拄在吧台上点威士忌的时候，似乎一切都被消除了，恐惧和回忆。久久压住他胸膛的灰林鸮的利爪终于松开。他闭上眼睛，一切已被洗净，是的，一切可以开始了。

马蒂斯从他手里拿过酒瓶，送到自己嘴边。一人一口，轮流着喝。伏特加从他嘴里溢出，一道透明的液体顺着他的下巴往下流。提奥表示不满：他要是敢吐掉，那就不算数。马蒂斯于是一口咽了下去，眼里泛起泪花，他用手挡住嘴，咳了起来，有那么一瞬间，提奥心想他该不会要吐吧，但是几秒钟之后，马蒂斯不可收拾地笑得更起劲了。提奥迅速用手捂住马蒂斯的嘴，让他闭嘴。马蒂斯止住了笑。

他们屏住呼吸，一动不动，竖起耳朵听候周围动静。

远处传来某位老师的说话声，语调单一的大段独白，没有一个词是清晰可辨的，他们听不出是谁。

他们躲在他们的秘密据点，他们的庇护所。这里是他们的地盘。在通往食堂的楼梯之下，他们发现了这处空间，一米见方，几乎能在里头站直。为了堵住这个空洞，有人在那里摆了个大壁橱，但只要身手稍微灵活一点，他们就能从底下钻进去。要进去，必须掌握好时机。得先躲到厕所里，等课堂开始，所有人都回到教室。然后再等上几分钟，等学监走远，因为他每小时出来巡视一次，确认没有学生在走廊里游荡。

每次他们钻到壁橱后面，都发现这真是取决于方寸之间的事。再过几个月，那里就容不下他们了。

马蒂斯把酒瓶递给他。

最后一口酒下肚，提奥伸出舌头舔了嘴唇一圈，他喜欢久久停留在嘴里的这股盐混着金属的味道，有时候持续几个小时都不会消失。

他们靠食指和拇指之间的落差来判断喝了多少酒。来来回回倒了好几次手之后，两个人都没能严格守住刻度，他们噗嗤笑了出来。

这次比上一次多喝了好多。

下一次，他们会喝更多。

那是他们的约定，他们的秘密。

马蒂斯拿过瓶子，用纸包好，塞进背包里。

他们各自拿了两块薄荷甘草味的劲浪口香糖，使劲咀嚼起来，让清香充分释放，然后在嘴里把口香糖上下左右翻转，这是掩盖酒气的唯一办法。时机一到，他们就出来了。双脚再次站到地面，那感觉已大不相同。提奥的脑袋前后来回摇晃，但旁人是看不出来的。

他踮着脚走在一张铺满几何图案的液体地毯上，他感到自己在身体之外，就在旁边，好像他离开了身体，但还继续拉着它的手。

学校里的声响几乎到不了他耳朵里，仿佛被某种吸水物质隔绝，这隐形的东西保护着他。

他真想有天能失去意识，完全地。

陷入醉意的厚绒之中，任凭自己被包裹，被掩埋，或几个小时，或永远，他知道这将会发生。

艾莲

我不由自主地观察他。我能感到自己的注意力总是一而再，再而三，不断地回到他身上。我在说他们在听的时候，或者周一早上他们趴在桌上做测试题的时候，我得强迫自己去看别的学生，一个挨一个看过去。就在周一，我看见他走进教室，脸色比平常更加苍白。他看起来一整个周末都没合眼。他的动作跟别人没什么两样——脱掉夹克，把椅子拉出来，把依思帕背包往桌上一放，拉开拉链，掏出笔记本，我甚至都不能说他的动作看起来比以往更迟缓、更焦躁，但我看出他已经筋疲力尽了。刚开始上课那会儿，我以为他会睡着，开学以来他已经在课堂上睡着了一两回。

晚些时候，我在教师活动室说起提奥的情况，弗雷德里克提醒我注意，这副样子的不止提奥一个人。他倒不是说反话。鉴于他们在各种电子屏幕上浪费大把时间，我们若是要替每个看起来不太精神的学生担心，那报告是永远打不完的。黑眼圈证明不了什么。

这很不理智，我知道。

我手头空无一物。什么也没有。无凭无据。

弗雷德里克试着减缓我的不安。还有焦躁。护士说过会把提奥叫去检查身体。她说到就会做到的。

另一天晚上，我试图解释好几天来压迫着我的倒计时感，就好像有人神不知鬼不觉地给我装了个定时器，宝贵的时间正在流逝，背着我们，默默地牵引着我们走向某种不可理喻之事，后果如何完全无法想象。

弗雷德里克还是那句话，我的样子很疲惫。

他对我说：该休息的是你。

这天上午，我接着上消化功能课。突然，提奥坐直了身子，比以往听得更专注。我在黑板上画了液体吸收示意图，他表现出罕见的耐心，把示意图依样画到了他的笔记本上。

下课了，就在他经过我面前要离开教室的时候，我没能忍住，把他叫住了。我不知道自己动了哪根筋，伸手按住他的肩以引起他注意，然后我说：提奥，请你留一下。很快，同学们哼哼唧唧替他打抱不平：上一堂课又没出什么事，凭什么理由，有什么权利，我可以无缘无故扣留学生？我等着所有人离开教室。提奥一直低着头。我不知道该说什么，但我已经不能后退，我得找个借口，找个问题，随便什么都行。我到底是哪根筋抽着了？直到最后一个学生（当然是马蒂斯·纪尧姆）离开把门带上，我什么都没找着。沉默持续了几秒钟，提奥盯着他的耐克鞋。然后他抬起头，我想那是他第一次真正看我，眼神不再躲闪。他一言不发，盯着我的脸，在同龄的男孩中，我从来没有见过如此强烈的目光。他没有显得吃惊，或不耐烦。他就这样看着我，没有疑问，好像我们走到这一步是再正常不过的事情，好像一切都是事先安排好的，不言而喻。同样不言而喻的还有我们显然进了条死胡同，不能再进一步，任何打破僵局的尝试都不可能。他看着我，就好像他看穿了我把他留下的冲动所在，也晓得我无法再往前跨进一步。我的感受，他了如指掌。

他知道我知情，也知道我帮不了他。

这是我当时想到的。这一下子，让我嗓子发紧。

我不知道这一状态持续了多长时间，词语在我脑子里挤来挤去——父母，家里，疲累，难过，一切都好吗？——但没有一个词能允许我成功地向他提出一个可以提的问题。

我终于笑了，我想，然后，我用了一种不属于我的嗓音，一种我自己觉得陌生的、迟疑的声音，我听见自己问他：

“这周你住父亲家还是母亲家？”

他犹豫了一下才回答。

“父亲家。不过，就到今晚。”

他抓起书包，甩到肩头，那是他即将离开的信号，其实我早该放他走的。他往门口走去。

就在离开教室之前，他转身对我说：

“不过如果您要见家长的话，我母亲会来。”

提奥

放学后，他在学校门口晃悠了十分钟，然后回到他父亲那里取他的东西。窗帘紧闭，他也没有拉开，只是打开厨房的灯，径直朝自己的房间走去。穿过客厅的时候，他听见一个诡异的声响，沉闷的噼啪声，断断续续的，像是有只虫子被困在什么地方了。黑暗中，他寻找着声响的出处，才发现是收音机，从今天早上一直开着，音量被调得很低，以至于听不清说话声。

每个周五，同样的仪式：衣服、球鞋、全部书籍、文件夹、笔记本、乒乓球课要用到的球拍、二十厘米尺、硫酸纸、荧光笔、画夹，得把一切东西收拾齐整。一样也不能落下。每个周末，他像头负重的骡子，从一个地方迁徙到另一个地方。

车厢里，乘客们看着他，他们大概担心他会跌倒或瘫倒，这瘦弱的身体在大包小包的重压下摇摇晃晃的。他弯了腰，但硬撑着，拒不坐下。

乘上电梯，等待到达彼岸的片刻，他卸下重负，总算给了自己喘息的工夫。

这是他必须完成的迁移，每个周五，大约同一钟点：

从一个世界到另一个世界，没有栈桥，没有渡船。没有任何交集的两个集合。

相距八站地铁：另一种文化，另一种习俗，另一种语言。他只有几分钟时间来适应。

十八点三十分，他打开门，母亲已经在那里。

她坐在厨房里，正把蔬菜切成薄片，菜的形状让他很好奇，他很想问这东西叫什么名字，但这会儿不是时候。

她看着他，打量他，雷达之眼，无声扫描，不可抑制。她嗅他闻他。一星期没见，她都不亲不抱，她既要寻找又要害怕的，是另外那个人的印记，那敌人的痕迹。

他是从对面过来的，她受不了。这点提奥很快就明白了，是从她满脸的狐疑和掩饰不住的嫌弃样看出来的，每次他从父亲那里回来都是如此。

而且，往往“你好”还没说，她就先说“去洗澡”。

在父亲那里的日子是不能想象的。那是一道完全黑暗的时空裂缝，怕是连存在都要被否定。他心里很清楚，她什么都不会问。她不会问他这一周是否愉快，过得好不好。她不会问他吃得好不好，睡得好不好，干了什么，见了谁。一周前事情在哪里撂下的，她就在哪里重拾起来，完全就像什么也没发生，就像什么也不可能发生。一星期的生活从日历上被抹去了。要是没有他的跨万时日程本，每过一天他就小心翼翼地把页角沿着小针眼撕掉，他自己可能都会怀疑是否真的过了这一周。

他把带来的衣服全都放进脏衣篮，无一例外，而且得封在塑料袋里，与其他衣物隔开，她不允许他的东西接触别的衣物。温热的水从花洒流出，会祛除他身上的味道，那是她所不能容忍的味道。

他回家后的几个小时里，她一脸恶气地看着他，她自己都意识不到，他倒是见怪不怪了，那是宗教审判似的神态。她围追堵截，毫不松懈，她要在不到十三岁的儿子身上捕捉那个她不愿再提的男人的动作、语气和姿态。任何真实或假想的模仿都会让她大发雷霆，她会立即反击，好像那是一种疾病，必须马上根除，刻不容缓。瞧你站没站相，手别这么放，靠椅背坐直，别老晃来晃去，把腰挺直了，跟那人一个德行。

回你的房间去。

当她说起他的父亲，当她迫不得已提及那个曾经是她丈夫的男人，她儿子刚在那人家里过了整一星期，当她实在不能略过不提的时候，她从来不会说出他的名字。

她说“那个人”、“那个蠢货”、“那个可怜虫”。

在电话里和闺蜜们说起他的时候，她用的是“那个王八蛋”或“那个傻逼”。

提奥都忍着，瘦弱的身子被恶语打得千疮百孔，但她视而不见。这些词语刺伤他，像难以忍受的超声波，或是只有他听得见的拉尔森效应[①]，刺耳的超高音频撕裂他的脑膜。

回来那天夜里，他被一个尖利而又遥远的声音吵醒。一个高音，从他身体内部传来的吡吡杂音。他要是用手捂住耳朵，声音会先变大，然后再变小。这叫耳鸣。他在一个健康网站上看到的。这个声音在夜里出现得越来越频繁。一开始他以为是从外面传来的。他起床走到厨房里，走近家用电器和浴室水管，打开家门。然后他明白了。

声音在他的脑袋里头。等到它终于停下，睡意却回不来了。

关于父母在一起的回忆，他只记得一个片段。

母亲坐在一张盖着芥末色绒布的硬沙发上（其实他不确定真的记得沙发的样子，很可能他是根据某张照片再现的画面细节，德斯特雷老师在学期刚开始时给他们讲解过记忆是怎么回事，有些事情是我们记住的，有些是加工或编造的，有些甚至是挪用的）。母亲坐着，没靠椅背，僵硬，紧张。父亲在她面前来回踱步，一言不发，像一头野兽在笼子里团团转。提奥坐在地上，或者说不定是坐在母

① 指声反馈现象，最常见的例子为发生在麦克风和音响之间的啸叫。

亲身边，但母亲并不碰他。他得抬着头才能观察到他们。他是个四岁多的孩子，他警觉地看着眼前的一切：战争正在酝酿中，行将爆发。

接着就有母亲说的那些话，句句撞击着他，让他喘不过气来，字字录进了他的硬盘，一些成年人的用词，携带着一些东西，他领会不了其中的含意，却能感受到它们的威力。母亲眼睛盯着地面，但话是说给父亲听的："你真让我恶心。"

他们忘了他也在场，或者认为他还太小，不会明白，也不会记得，但恰恰是因为这些词语里头有他明白不了的意思，有某样东西硬邦邦的，或许还有点黏糊糊的，叫人恶心，所以他才会想得起来。

在那一刻，她或他都无法想象四岁多的儿子对于他们在一起的生活记忆只保留了这一片段。

提奥从浴室出来，身上穿着干净衣服。他想起德斯特雷老师，她想知道他这一周住父亲家还是母亲家。她看他的方式很奇怪。在学校门口和马蒂斯碰头的时候，他对他说：这女人疯了。但现在回想起来，有种愧疚感让他额头发热，灼热感一直蔓延至嗓子眼。他后悔说了那样的话。

母亲还在厨房里，她心不在焉地听着一档广播节目，晚饭已经快准备好了。他问能不能上"油管"（Youtube）看视频。

不行。

他干吗不做作业去？他肯定落下了不少功课。

接下来的几个小时，也许一直到第二天，她要让他付出代价，谁让他去了敌人的地盘，逃脱了她的约束和管制，戏要玩乐。

她料想他肯定抓住机会放飞自我，肯定一星期什么正事也没干，尽看蠢视频，塞了不少薯片，灌了不少可乐，在外头晃荡到没钟没点的。

这就是她所想象的。

但是不管她如何想象。

反正，他不会否认。

艾莲

护士这周把提奥喊去检查了。

第二天，她提议我俩喝杯咖啡，聊一聊。午餐时间，她到教师活动室来了。她把她和提奥的对话向我一一详述。她似乎把我当成了病人，好像有人事先提醒她，跟我说话要拿捏好分寸，得掂量着说。

她先是告诉提奥，有好几位老师都对他疲累的状况表示担忧。有老师反映他在课堂上睡着过一两回，而且经常精神不集中。

她想知道发生了什么，他自己感觉如何。

孩子问她揭发他的人是不是我。

她说没人“揭发”他，重申是好几位老师看到他总是一副疲累的样子所以很担心，希望确认一切都好，仅此而已。

他放松了一些。

他承认他的确很难入睡，更确切地说是总在夜里醒来。他重复了好几遍，说他既不玩平板电脑也不打游戏，或者很少。她试图打听他的家庭情况，但所获甚少。他母亲是一家药厂的管理人员，父亲是名计算机技术员。轮流监护从几年前他们分开的时候就开始了。她问他跟父母相处得怎么样，他无精打采却毫不犹豫地回答："还行。"

她坦言，她觉得他有点不安，有点戒备。不过情有可原，毕竟班上只有他一个人被叫去。她问他能不能为他做听诊，说是缺乏睡眠可能会影响身体生长发育，他没有反对。

他身上没有任何伤痕。皮肤光滑，完好无损。一点皮外伤、一处小疤痕都没有。他的体重和身高略低于同龄人的平均水平，但也没什么好大惊小怪的。

她写了一封信，让提奥带给他母亲。

她在里面提到了他在课堂上打瞌睡，有必要带他去看医生，解决失眠的问题。

她告诉提奥他随时可以来找她，要是觉得累了，最好在课间稍作休息。

她尽了义务，我没什么可说的。她按章行事。她向我保证她会继续留意，然后就回她独享的无菌方寸，躲入那个瓷砖洁亮的安全空间。我留在教师活动室里，就是站不起来。我背靠门坐着，面对一摞作业和一只空塑料杯，杯底剩下的那点咖啡已经变凉，我怎么也咽不下去。我对自己说：站起来，回家去。我的课已经上完，我感到潮水滚滚而来，污水倒灌，是发臭的咸水。记忆的黑潮开始涌上表面，先有声音，破旧的电冰箱，呼哧呼哧的哮喘呼吸声，隐约能听见的电视节目片头曲，笑声，鼓励，掌声，接着是画面，被尼古丁熏黄的窗帘，歪斜的椅子，残缺的小玩意。

这间屋里的东西看起来没一件是完好无缺的，只见电视里的“财富大转盘”依然转得欢，大家玩得起劲，第一道谜语，我买一个A，我选一个N，转盘转呀转，财富随时到，祝您好运。

我们呢，我们有自己的游戏，父亲和我之间，就在法国电视一台播这档节目的同时，就这么开始了，没有事先通知，也没有原因，往往就在我正在画画或写作业的时候，第一个问题劈头盖脸而来，宣告酷刑启动：艾莲，你不是什么都知道吗？断头台是啥时发明的？

八岁，十一岁，十三岁，我的位置从来不变，总是坐在厨房的桌子前，双手平放在塑料桌布上。父亲早早便归家，肚里琢磨着给女儿出什么知识问答题，她学习成绩很好，那不正好。她读不少书，她声称要当老师，他想到自己曾经被撵出校门，这简直就是啐他的脸。既然她这么爱耍聪明，那他就要来考考她，看看她都知道些什么。

答错一次：头顶一击。

答错两次：耳光一记。

答错三次：他把我一推，我从凳子上摔下。

答错四次：我依然在地上躺着，他冲我踹一脚。

贞德何时被封为圣女？

查理·马特哪年赢得普瓦捷战役？

问题有时和电视游戏节目里的相同，有时则不。规则永远在变。

我集中注意力，“财富大转盘”很吵，音乐声好响，再来一轮，好样的，罗斯琳，头脑还是很清醒，哈哈哈，接下来您会听到一个短语，对，听好了罗斯琳，我躺在地上，每次都是如此，我无权起身，我已经不再思考答案，等着挨下一脚，答案是“纸上谈兵”，真遗憾，罗斯琳。我从来不落泪。

问题已经没有意义，他一脚又一脚接连踢在我身上，我护着脑袋，在瓷砖地板上蜷作一团，企图躲避。尽管他现在在室内工作，脚上还是穿着防护靴，这种鞋圆头，结实，踢在我肚子上，我呼吸不上来。罗斯琳，您选了这只镶蓝宝石和钻石的戒指，它价值九千九百法郎，连同一张国际宝石鉴定证书，不管怎样，您赢得了非常棒的礼物。

十四岁，我躺在地上，直到母亲回来，也许有那么几秒钟或几分钟的工夫，我昏迷了过去。我重新站起来的时候，血从我两腿间流出，一条猩红的蛇在我的小腿肚上蜿蜒向下，前往我的袜子里寻找藏身之处。母亲问我是不是来例假了，我说不是。

若干星期之后，一节数学课上，我感到下腹疼痛欲裂，疼到我呼吸困难，不由自主地发出呻吟。老师注意到我没在听课，于是问我他刚讲了什么，我回答不上来。四壁转得比财富大转盘还快，地板在把我往下吸。我连这节课讲什么都不知道。老师怒不可遏，勒令我离开课堂。在走廊里，我晕了过去。

到了医院，我被查出子宫感染。糟得很。

我说我从自行车后座掉下来，摔在水泥路沿上了，我不晓得我是否还能怀得上孩子。

十七岁，我通过了会考，我要走了。父亲刚死于癌症。他的病拖了两年，两年太平，没有游戏也没有拳打脚踢，只有几个耳光，在他的手够得着我的时候。

这一下，轮到父亲躺在地上了。母亲照顾他到最后一刻。

十七岁，我即将去求学，我要当一名老师，我什么也不会忘记。

赛西尔

我经常自言自语。一个人在家的时候，或者在街上，当我确定不会被人看到的时候。没错，我自己跟自己说话，但更确切地说，应该是一半的我跟另一半说话。我对自己说“你可以的”，“你还是做得不错嘛”或者“你不能这样继续下去”。诸如此类的。几周前，我刚认识费尔森伯格医生，我试着跟他解释我内心一分为二的事。生平头一回。他认为这事值得说得再仔细点。那好。实际上，一半的我，是积极的，被我定性为受正面情绪主导，向另一半的我说话，我弱势的那部分，或者，简单点说，有问题的那部分。

我来看费尔森伯格医生，我丈夫和孩子们都不知道，这样比较好。每周一次的就诊时间名义上是我的瑜伽课时间，而这子虚乌有的瑜伽课只存在于贴在厨房里的日程表上。

没错，我自说自话，是为了让自己安心，为了抚慰自己、鼓励自己。我跟自己以你相称，毕竟这两部分的我相识已久。我当然知道这听起来可能挺可笑的，或者叫人担心。但事实是，向另一半的我发起对话的这一半总是显得很自信，给人安全感。她总是能看到事情最好的部分，凡事从积极的角度着眼，而且大部分情况下，最后都是她说了算。她不是动不动就慌里慌张的类型。

夜里躺下睡觉的时候她对我表示祝贺，这也是常有的事。

这两部分的我一直就存在，可以说，就像两股力量在我身上起作用。但是，迄今为止，这两部分之间并没有沟通，总之没有借助我的声音进行过对话。这事是最近才出现的。

话说，费尔森伯格医生问过我，是否有什么事件或情节催生了或唤醒了这个声音。见我在思考中沉默着，他又问了一遍。

他想知道，在我还是年轻姑娘的时候，比如上学那些年，是不是就曾经有过自言自语的经历。或者刚结婚之后。或者停止工作之后。没有，这点我能肯定。

“您知道的，这一行为本身并没有问题，很多人都会自己跟自己说话，”费尔森伯格医生对我说，“但对您来说是个问题，因为您把它提出来了。”他要求我别忽略这一点。他决定我们要一起思考我和我的对话到底有何功用。

经过若干次治疗，我才意识到（承认），这个声音是在我从我丈夫电脑里发现那些东西前不久出现的。又经过若干次治疗，我才能在费尔森伯格医生的办公室里条理清楚地谈及那个发现。

当我开始在记忆中搜寻，关于我那天所见，以及随后几天的发现，我只能含糊其词，拐弯抹角，我无法白纸黑字写下来。

因为那些词语太肮脏了，令人不寒而栗。

昨天傍晚我回到家中，发现马蒂斯和他的朋友也在。这个点，他们按道理应该在上课。我儿子称音乐老师不在，我立刻看出他在撒谎。

他们的样子甚是奇怪。两个人都是。马蒂斯不喜欢我进他房间，我于是站在房门口，等着，试图找到不对劲的地方。他们直接坐在地上，没有游戏，也没有书散落在外面，一切井井有条。我心里寻思着，他们到底在搞什么。提奥看着地板，两眼直直盯住地毯上某个点，好像在观察一群只有他能看见的微型昆虫。

我有点受不了这孩子。说实话，我不喜欢他。我知道这种想法很可怕，他不过是个十二岁的孩子，整体上还算有教养，但他身上有什么东西让我不舒服，就是这样。当然，我绝对不会告诉马蒂斯，他崇拜提奥，好像这孩子有超自然的本领似的，但我没法喜欢他。我真的不明白马蒂斯看中他什么。马蒂斯在小学里有个好伙伴，我很喜欢。他们俩出奇地合得来，从没吵过架。可惜那孩子在小学五年级的最后阶段搬家了。

去年，刚上初一，马蒂斯认识了提奥，从那时候起，他眼里就没别人了。他迅速和他黏在一块儿，唯他是从，只要我对提奥略有微词或者多问几句，他立刻竭力捍卫他。

我问他们吃过点心了吗，儿子说他们不饿。我就随他们去了。

然而，我没法控制自己不去想，我觉得提奥正在对马蒂斯施加不良影响，正在把他带坏。提奥比我们儿子更硬，没那么柔软，马蒂斯那么崇拜他，八成也是这个原因。有一天晚餐后，我试着跟我丈夫谈这事。自从我明白了威廉每天晚上真正在忙什么之后，我就没再试图跟他进行沟通，除了那些平淡乏味的交流，无非是为了维持共同的生活。老实说，近几个星期来，我一直对他的小伎俩和谎言冷眼旁观。

和往常一样，吃过晚餐，他就躲到书房去了。

我敲了敲门。我想不等他答应就开门，绝对是抓现行的不二机会。好几秒过去，他才准许我进屋。电脑屏幕黑着，他的外套脱掉了，面前铺着几张纸。我在扶手椅上坐下，开始说马蒂斯的事，说我从他的朋友身上觉察出的负面影响。我解释了为何我觉得他们的关系干扰了我们儿子，随口举了几个例子，威廉似乎听得很专注，没有表现出不耐烦。简短陈述结束之时，我脑袋里闪出一个句子：这下你可身在魔窟了，正对着魔鬼。多可笑，太夸张，威廉要是听见这句话，估计又要嘲笑我老爱借用别人的话，但从那一刻起，我再也无法摆脱这句话和它的强烈冲击。威廉要求确凿的事实。退步的症状，下降的曲线，量化的因素。我对这件事情拿得出哪些物证？马蒂斯的成绩相当过得去，他不觉得哪里不对劲。是我胡思乱想。事实是，威廉老觉得我在胡思乱想。关于一切。这也成了他不动声色掐断对话的有效手段。你胡思乱想了。

老实说，我丈夫对我跟他说的事情大体上都不太感兴趣，所以我才几乎什么也不跟他讲。但并非向来如此。我们刚认识的时候，可以一聊就是一晚上。我从威廉身上学到了几乎一切。言行举止，坐立谈笑，待人接物。他深谙所有规则和窍门。

我不知道从何时起我们不再说话。可以肯定的是，已经很久了。不过最叫人担忧的是，我竟然都没意识到。

这天早晨，马蒂斯起得比我早。我进到厨房里的时候，他正在给自己准备早餐。

我坐下来，观察了几分钟：他拿东西随手一抓，关壁柜一甩了事，漫不经心里透着一丝炫耀，我一跟他说话或问个问题就像触及了他的敏感神经，令他极不耐烦。我明白了，他在临界点，就在临界点上。那东西已经在他身上潜伏酝酿，像某种病毒，在他身体的每个细胞中蠢动着，尽管肉眼还难以察觉。马蒂斯还未进入青春期，更确切地说，还看不出来。但也就是几星期的事，兴许就几天。

我的小男孩儿就要在我们眼皮底下蜕变，像之前他姐姐那样。没有什么能阻止得了。

马蒂斯

初一开学那天，他挑了中间那一排。又挑了位置：中间那排的中间。离黑板不近不远。不太靠前也不太靠后。按理说，是最不起眼的位置。他刚看了张贴在走廊里的名单，发现他一个人也不认识。他的小学同学都被分到别的班级了。

教室门关上了，他旁边的位置还是空的。他不敢看别人，他们已经一对对紧挨着坐好了，忙着咬耳朵呢。教室里四下交头接耳声窸窸窣窣，窃窃私语飘在空中，轻轻的，暂时还在老师可以控制的范围内。他们各自结好伴，他被排除在外。他从没感到过如此落单、如此无助。坐在前面的女生已经回头打量了他两次。

十分钟后，有人敲门。教务员进来了，跟着一个他从没见过的学生。提奥·吕班在走廊里迷了路，没找到他的班级。教室里响起取笑的嘘声。老师向他示意马蒂斯旁边的空座位。提奥坐下了。马蒂斯把桌上的东西往自己这边挪了挪，其实本来就没越界，他以这样一种方式来迎接迟到的人，向提奥表示欢迎。他寻找提奥的目光，想朝他笑一笑，但提奥一直没抬眼。他拿出文具袋、本子，嘟囔了声谢谢，依然低着头。

第二堂课，他们又坐到了一起。

接下来的日子里，他们一起找体育馆、教务主任办公室、食堂，还有那些编号完全无逻辑可言的教室。他们一起征服了这个看似走不到头的空间，如今他们对这里的每个角落都了如指掌。

无需开口说话，他们就知道他们合得来。对视一眼就够了；默契——社会的、心理的、情感的，转瞬即逝的抽象符号，表示彼此认可，但不可名状。他们从此形影不离。

马蒂斯知道提奥的沉默能镇住别人。女生男生都是。提奥很少说话，但他绝不是好欺负的类型。别人怕他、服他。他从来不用动手，甚或动口。他体内有东西在怒吼，谁也不敢对他轻举妄动或出言不逊。在他身边，马蒂斯有了保护，绝对安全。

这个学年开学的那天，马蒂斯在公告栏看到他俩又被分在同一个班级，他长松了一口气。要是问他为什么，他可能说不上来他松的这口气是为他自己还是为提奥。今天，开学已经好几个月，他觉得他的朋友变得越发阴郁。他常常有种感觉，似乎提奥在扮演某个角色，在假装。他人在这里，和马蒂斯一起，从一个课室到另一个课室，在食堂的排队等待，收拾他的东西、他的柜子、他的餐盘，但实际上他却身处在这一切之外。有时候，他俩在“不二价”超市门口分手之后，他看着提奥往地铁的方向走去，有种混乱的忧虑感会在他胸腔里蔓延，让他喘不过气来。

偷钱的是马蒂斯，他偷他母亲的钱。她没有疑心。她的包总是乱放，她也不留意零钱多少。他只拿硬币，从来不拿钞票，取用的时候很谨慎：一次只拿一两枚，从不多拿。买小瓶装的酒绰绰有余：马提尼克朗姆酒，一瓶五欧，波利可夫伏特加，一瓶六欧。他们到街底下那家小杂货铺去买，贵是比别的地方贵，但店主不会问任何问题。如果要买大瓶的酒，最好通过雨果的哥哥巴蒂斯特。雨果在附近的高中上高一，巴蒂斯特还未成年，但他显成熟，去超市买酒时不会有人要他出示身份证件。他会管他们收取点“佣金”。赶上他心情好，还能打个折。

马蒂斯把偷来的钱藏在他姐姐送的乌木盒子里。他觉得这盒子像姑娘家用的东西，因为里衬是花布，但它的优点是能上锁，如今正好用来存放赃款。

明天，食堂午餐之后，他们有一小时的自修时间。要是走廊里没人，他们就可以溜进藏身之处喝昨天买的朗姆酒。提奥说朗姆酒会让人脑袋“开花”，比伏特加还猛。他举起手，伸出两指作手枪状，对准太阳穴开了一枪。

提奥

他把厚毛衣落在父亲家了，那是母亲送给他的圣诞礼物，她说过不让他带过去的。她没有马上发现，但今天降温，他却没穿那件毛衣，她就觉得不对劲了。她非常不高兴，掩饰不住的恼火就写在脸上，提奥见过太多回了。她不停念叨："肯定找不回来了。"毛衣要遭殃了，它被吸进了虚无的深渊之中。她指的是敌方的阵营，但没明说出来。那里由陌生的规则统治，衣服得搁好几个星期才洗，东西散落丢失，永远不会再出现。

提奥保证下次会把毛衣带回来。

是的，他会想着。

她跨不过这道槛，他看得出来。

更小的时候，每次去父亲家之前，都是她给他收拾打包，直到小学五年级。她总是挑那些最不好看、最旧的衣服，理由是怕它们被落下，或者有时候干脆找不回来。星期五晚上，她陪他坐地铁到"那边"，把他放在楼下。最开始，提奥还太小，不能独自坐电梯，他父亲会下楼，在玻璃门另一边候着。他的父母不碰面，他们各自待在玻璃门边界的两边。提奥像个人质，被用来换取未知的商品，他走进大楼的门厅，穿过中立区，战战兢兢按下按钮。一周之后，星期五，同样的时间，另一条大道上，他父亲熄灭汽车引擎，等提奥进了楼门才重新发动汽车。另一个楼梯间里，母亲紧紧把他抱在怀里。她一边亲吻他，一边抚摸着他的脸、他的头发，把他从上到下从下到上看了又看，然后才松了一口气，好像他刚奇迹般地逃脱了神秘的灾难。

他记得有一天，很久以前了——他应该在上小学二年级或三年级，他从父亲家回来，她检查他的包，没找到几个星期前买的那条裤子。她开始把所有衣服往外掏，一件接一件，发疯似的乱扔，好像事关生死存亡。当她发现裤子真的不见了，便开始哭。提奥看着她，惊呆了，母亲跪在一个运动包前，身体因为抽泣而发抖，她的痛苦一阵阵地撞击到他身上，他能感受得到，但有一点他无法理解：这，有那么严重吗？

母亲开始抱怨父亲连点东西都收拾不好（每次她说他父亲的不好，就会有一种很不舒服的、撕扯的感觉在他肚子里翻绞，有个尖锐的声音在他耳朵里嘶鸣），他不得不承认是他自己收拾了背包。他已经尽力去收齐衣服，但没看见那条裤子，估计在脏衣篮里。母亲突然吼了起来：“那婊子连洗衣机也不会用吗？”

离婚的时候，父亲搬到了新的公寓，一直住到现在。他在客厅最里头安了道隔断，这样提奥就有了自己的房间。他们分开之后的几个月里，父亲跟另一个女人交往，母亲管那人叫“贱逼”或“婊子”。有些晚上，婊子会来父亲家，但从不留下过夜。他们在同一家公司上班，大概在电梯或食堂里认识的，提奥如此想象他们的相遇，好几次试图重现那个场面，尽管难以想象背景——“办公室”，那个在环路另一边、父亲每天都去的地方，他想不出来会是什么样子。

他记得一个春日，应该是六七岁的时候，他、父亲和这个女人一起去了游乐园。他玩了蹦床、卡丁车、铁桶保龄球。下午更晚一些，他们三个人齐齐在镜子迷宫里团团转，然后又上了一艘小船，在迷人的溪河中顺水漂流，仿佛漂了很长时间，美妙极了。再后来，他们吃了棉花糖。婊子人很好。多亏了她，他们才发现了这个被栅栏和围墙保护起来的神奇世界其实是孩子的天下。这个女人显然跟这个地方有什么关系，她对每个角落了如指掌。她带他们在小道里穿来穿去，把票递到他们手里，父亲看她的眼神里满是崇拜，以至于提奥觉得整个公园都是属于她的。

但第二天，当他回到母亲那里，他的肚子疼了起来。他感到难过。有罪。他和那个女人一起笑了，接受了她的礼物。

有种甜甜黏黏的东西顽固地粘在他手上。

最开始，他从父亲那边回来，母亲会问他问题。她做出一副若无其事的样子，拐弯抹角，试图获取信息，好像他看不出她的心计似的，其实他对她的意图一清二楚。

为了尽量少说，提奥装作听不明白问题，或者回答得含糊其词。

那段时间，母亲动不动就哭，毫无预兆的，打不开果酱罐哭，找不到东西哭，电视机坏了哭，累了也哭。每一次，他都觉得自己的身体在接收母亲正在遭受的痛苦。有时像是遭电击，有时是挨一刀，或者被揍一拳，反正他的身体总是处在痛苦的辐射范围内，它在吸收他该承受的那部分。

最开始，每次他从父亲那边回来，母亲会问：你玩得开心吗？没哭鼻子吧？你想妈妈了吗？很快，他感觉自己掉入了陷阱，但也说不上为什么。他从来不晓得，应该告诉母亲一切很好让她放心，还是相反，得声称他过得很无聊，说他想她了。有一天，提奥从“另一边”过完一周回来，大概显得太快活了，母亲脸上的表情难过得吓人。她不说话，他怕她又要哭。但几分钟后，她叹了一口气，对他说：

“最重要的，是你开心。你知道，要是你不需要我，我会走的。也许去旅行。歇一歇。”

很快，提奥学会了扮演人们期待的角色。不苟言语，惜字如金，说话不带感情色彩，眼也不抬。不给任何机会。不管在边界的这边还是那边，沉默俨然是最好的姿态，危险系数最低。

他也不知道过了多长时间，“婊子”消失了。根据他在这边或那边听到的电话片段，他当时是这么理解的：这个女人有几个孩子，他们可能不喜欢她去游乐园玩要却不带上他们；她有丈夫，而且她不愿意离开他。

渐渐地，母亲不哭了。她卖了一些家具，又买了新的，更好看的，然后她重新粉刷了公寓的墙。提奥给自己房间和厨房的墙挑了颜色。

他从父亲那边过完一周回来，她不再问这问那了。她不问他都做了什么、和谁、是否玩得开心。相反，她尽量避开这个话题。她什么也不想再了解。

如今，他在她家之外度过的时间不再存在了。有天晚上，她告诉提奥，她已经永远封存了“这一切”，她不想再听见有人提及。

父亲不复存在。她不再说出他的名字。

艾莲

我希望下次小组会议能讨论提奥·吕班的案例。弗雷德里克劝我再等等。他认为我掌握的事实还不够。再说，一个案例如果拿出来讨论，总是会留下一些痕迹，随后可能会对提奥或他的家庭造成不良影响，不能轻举妄动。

我看起来像是轻举妄动的样子吗？我天天半夜惊醒，焦虑到呼吸不上来，往往得花好几个小时才能再睡着。我不想再出去见朋友，不想去看电影，我拒绝消遣娱乐。不管怎样，这个“案例”就不能称之为案例，我拿不出任何物证，而且我得和护士的意见对着来，她认为没必要见家长，尽管她写给他母亲的信迟迟没有收到回复。

我同意再等等。弗雷德里克向我保证他会对提奥多加留意，不过他每星期也就给初二年级上一小时的课。

昨天下午，看见提奥跟在马蒂斯身后走进教室，我当时心里一紧。我后悔自己让了步。我马上看出他有些奇怪，不太稳当，走路小心翼翼的，好像每迈出一步都有踩空的危险。真得看看他的样子，那孩子，扶着课桌走到自己的座位上，看起来像个醉汉，我惊呆了。我想到他也许腿或背受了伤，他真的举步维艰。然后他跌坐到座位上，显然为自己能到达目的地而松了一口气。他眼睛盯着地面，躲避着我的目光。

所有学生都坐好了，闹哄哄的课室安静下来，他还是没有动，我问他为什么不拿出课堂笔记本。他回答说忘了，声音细得像丝，也没有抬眼看我。

我感到恐慌涌进我的身体。一些画面向我扑过来，挡也挡不住。我无法恢复理智，平复不了呼吸，我不由自主地看着他，企图明白究竟发生了什么。

于是，我看见了他身上的伤，如此清楚真切，好像他的衣服恰好就烂在这些地方，让淤青和血迹都露了出来。我想透一口气，我看着其他学生，等着他们发现他的伤，如果那一刻到来，我能从他们脸上看出来。我多么希望他们中有人，哪怕只有一个人，能看到我看到的，但他们在那里，全都一动不动，等着我宣布判决或等着课堂开始。我告诉自己好几遍："只有我看到他的伤，只有我看到他在流血。"我闭上眼睛，试图让自己冷静下来，平复呼吸，努力回忆给他检查过身体的护士说过的话，"什么也没有，没有印记，没有痕迹，没有伤疤"，还有她说这话时坚定又叫人放心的语气。

什么也没有。

只不过，我是挨过拳脚的，这一套在我这里行不通。

坐在第一排的雨果轻声问我：

“老师，您是不是不舒服？”

画面挥之不去。

我深吸了一口气，让学生拿出测验纸。我没有把测试题写到黑板上，只是念了出来。

我们每天摄入的食物有什么作用？

请列举您所知的食物种类？

食物提供的能量用什么计量单位来衡量？

第一排有个女生（十有八九是萝丝·雅甘，她不会放过一切能说话的机会）打断了我：

“老师，您说得太快了！”

我从来没做过突击测试，教室里抱怨不满之声迭起。提奥依然埋着头，双手挡着前额，我看不见他的眼睛。我建议他去医务室，他拒绝了。

学生们一开始不情不愿，后来也收了声答起了题。我有了监考的借口，可以光明正大地观察他。他的身体微微前倾，手里拿着圆珠笔，另一只手放在纸上，好像是为了支撑身体。他看起来似乎无法把注意力集中到纸上，他的眼睛徒劳地寻找一个固定点。

过了几分钟，我走到课桌中间去。走过他身边时，我看到他什么也没写，额头沁出一层汗珠。我想摸摸他的头发。我想坐到他身边，把他抱在怀里。

我好几次经过他桌前，但他完全没有抬头看我。我不再进入他的视野。

也许他因为护士的事怨我来着。他在向我示意我背叛了他，我不再值得他信任。

我回到我的讲桌前。教室里很安静，我终于平静下来，假装改作业。

下课铃声响了，我让萝丝把随堂测验收上来。收到提奥和马蒂斯的时候，她停了一下，尖笑了一声，是惊讶还是心照不宣，我说不上来。

我看着学生们走出教室，提奥的脚步比先前稳了一些，但还是有什么不对劲，我敢肯定，有些我没法明白的东西。

教室空下来了，我翻了翻测验纸，找到了他的。边缘处，他只写了名字。他没记问题，也没试着答题。

不过他倒是把我几天前在课堂上发给大家的一幅消化系统示意图画了出来。他勾画出人体轮廓，从头到腰，简单但准确。人形轮廓里头，他用铅笔描画出嘴、食道和胃，还有肠子，像蛇一样缠绕成一团。他在胃里也画了个东西，一开始我以为是颗蔬菜，或者一朵花，画得有点模糊，我把纸凑近端详又拿远了看，才看清楚原来画的是个骷髅头。

赛西尔

昨天，马蒂斯醉醺醺地从学校回来了。

我看出他眼神里有迷离的醉意，动作也有点不协调，我让他走到我跟前来吹口气，我嗅了嗅。

毋庸置疑。

他喝的不是苹果酒，也不是啤酒，不是。他喝了烈酒。

我是酒鬼的女儿。第二天，在费尔森伯格医生那里，诊疗还没开始，我人还没坐下，就先开门见山。得把事情交代清楚。我父亲天天喝酒，一下班就喝，一直喝到深夜。对着一瓶普通餐酒，最好是红葡萄酒，他可以几句话来回念叨，直到飘飘然。他对谁都满腹牢骚：司机、主持人、歌手、邻居、政客、药剂师、柜台经理、公司职员、基层公务员、各类代表，我无法记全。他对我们倒是从来不凶，对我母亲也是。整个童年和青春期，我总是看着他心不在焉地坐在电视屏幕前，无休止地重复着已经没人听的独白。不如说，他只是摆设。我想我对他一直怀有一种宽容的温情，尽管多少觉得他有点丢人。我从来没邀请过同学来我家。这个男人垮了，他的过分敏感与周围格格不入，只好借酒精来化解。我从来没听过我母亲抱怨。她担当起了一切，家庭生活琐事，连同各种行政手续、证件、医保，教育、纳税。她简直就是圣人。我不明白为什么，她也不信任何神。然而，一直以来，这个男人更愿意在酒精中寻找慰藉，她竟也忍受了。他丢掉工作的时候，我以为他会沉入水底。结果，原计划不变，唯一的变化是，他开喝得更早了。他坚持浮着，没有沉底，水面波澜不惊，只露出他的脑袋。他几乎一动不动。活命的诀窍。他还是坐在同样的位置，保持同样的节奏（每小时三至五杯），然后，在确认所有灯都关好之后，上楼睡觉。他听任自己睡死过去，悄无声息。我母亲从来不作声，也不抗议。我哥哥几年前开始在一家电子设备仓库当夜间保安。自从和女朋友分手之后，他就终日把自己关在房间里听碟。我看着他的肤色，心里想着一个人到底能多长时间不见太阳。

一天，晚间电视新闻播了一则报道，油船事故引起的黑潮。我们正在吃饭。我看着那些石油黏住的鸟，立即想到我们，我们一家，那些画面比任何一张家庭合影都更像我们。那就是我们，黑色的身体，满身油污，动弹不得，错愕茫然中已经中了毒。

第二天，我们四人一起，开车去参加一个表亲的婚礼。开车的是我哥哥。雨一早就下个不停。雨点打在挡风玻璃上又弹起的声音带着金属的质感。天空低沉，像一张大嘴，等我们到达地平线时就将我们吞没。一串串长长的水珠被风挤压在两侧车窗上，紧贴玻璃颤抖着。雨刮器的声音传到车内，潮湿的摩擦声听着心烦，像不断重复的催眠曲，让人昏昏欲睡。父亲坐在我哥哥旁边的副驾驶座，两眼盯着前方，但其实什么也不看。坐在我身边的是母亲，她把包放在腿上，好像随时会有什么信号降临，迫使她下车。我看到她也在留意仪表盘显示的车速。因为蒂埃里开得很快，非常快。然而车外能见度只有几米。我第一次要求他减速。他装作没听见。几分钟后，他开得更快了，我再次要求减速，口气生硬。他嘴里嘟囔了几声，大意是说一切在他掌控之中，然后他对前面的车咬住不放，迫使它让道。父亲眼睛直勾勾地盯着他面前的某一点，一脸的无所谓，我早就见怪不怪了，母亲整个人蜷伏在她的包上。但是我，我看着一辆接一辆被我们超过的车把水花甩到车窗上，然后前车的后车灯开始在我眼前闪烁，然后所有的光开始变得模糊。

车内一片死寂。

我当时想到一句话，命都不要了。突然之间将我裹挟的沉沉死气不仅笼罩着整辆车，也笼罩着我们那些年的生活。我吼了起来。

“停车！马上停车！我要下车！”

我哥哥大惊，开始减速。

“我要下车！停车！让我下车！我要下车！我要下车！”

我大喊大叫，像个疯子。

几百米之后，蒂埃里一脚急刹车，在缓冲区停了下来，我还在喊着那句话，我要下车，我要下车，听见没有，我要下车，但实际上我喊的是我要活着，他们听出来了。

我从车里钻出来。父亲一言不发地打开车门，绕过车头走到另一侧，打开蒂埃里身旁的车门。哥哥蹿到副驾驶座，把方向盘让给父亲。他示意我上车，我浑身发抖，摇了摇头。

他犹豫了一秒，然后发动了汽车。

后来我回想起这一刻，想起他重新汇入车流之前看我的最后一眼，我知道，父亲在这一天就明白了我将会离开他们。明白了很快我将奔向别的世界，适应别的规矩，或许有一天我们不再说同样的语言。

我看着车远去。我身处一条国道边上，远处可见某座城市或小村子的剪影。我开始走路。几分钟后，一位女士停下车，她提出送我一程。

在我家里，我们说“我堂哥滴房子”或者“我姐滴行李”。说“娜丁婶”和“雅克舅”。瞧我干了“啥”。我们“上”巴黎或沙隆。我们每天晚上在固定时间看着电视新闻“吃饭”。话得说清楚。

认识威廉之后，我发现了另一个世界，我对那里的惯例和忌讳一无所知。我犯错的时候，他总是温柔地纠正我。接着他祝贺我的进步，我读了不少书，学得很快。他为我骄傲。索尼娅出生之后，更确切地说她开始牙牙学语的时候，他对我说，决不能让她管我母亲叫“姥姥”，或者管我哥叫蒂埃里“叔叔”。规矩就这么定下来。我们的孩子在他的语言里长大。他们说“祖母”或“祖父”，他们“去”巴黎，“约”理发师，他们“用午餐”或“用晚餐”，但从来不“吃”。

我就这样讲啊讲，语无伦次，又滔滔不绝（老实说，就像好几年没开口说过话似的），向费尔森伯格医生解释当我发现马蒂斯喝酒的时候为何有那么强烈的反应。

是的，当然，我马上想到这是从我身上来的，都是因为我。他十三岁不到，已经开始喝酒，难道不是证明了沉睡在他身体里的什么东西正在蠢蠢欲动，只想往外头钻、冲外头吼？这东西当然是从我身上来的，从我“这边”来的。我敢肯定，如果我跟威廉说，他会这么问我：他更像谁？

但我一点也不想跟威廉谈这事。

真的没必要耗费那么多精力和时间去融入家庭，抹掉所有让我丈夫和他家里人觉得刺耳的话语，把优雅的言辞和雍容的举止教给孩子们。

真的没必要说“马蒂斯的卡车”和“索尼娅的娃娃”，如果到头来是这样的结果。

提奥

从学校里出来，他觉得需要走一走透透气，不能马上回去，太冒险。

二十多分钟过去，醉意消散了，他呼出的气在冷空气中形成一小团烟云，酒精在蒸发。

接近七点，他打开家门，确认前方畅通无阻。几个月来，母亲每周五傍晚都会去上健身课。这就避免了分别的僵持时刻，省掉了一大堆欲言又止和说不出口的叮咛。他一般会在晚些时候给她发短信，说他到了。她也就回个“OK”。

信息传送结束。连接将中断一周。

他那条厚运动裤遍寻不见。他去看了脏衣篮，又确认不是正在晾着。

几分钟内，他把下周需要的其他衣物都收齐了。他关掉所有灯，在身后锁上门。

他坐着高架线地铁到意大利广场站。

他到了楼底下。

他的大脑深处有个角落，如今他可以把那里的门半开着，他真想在那里保留一点模糊的醉意。他在自己身上寻找着一丝飘飘然的痕迹。他想在自己的动作里找到酒精的印记，一点迟缓和昏沉，哪怕一点点也好，但几乎什么也不剩了。他没了保护壳。它在冬日的空气里燃烧殆尽。他又重新变回那个招自己讨厌的孩子，带着一肚子的战战兢兢去按电梯按钮。睡意失去了香醇的滋味，变得迟钝，恐惧从中涌现，散布到整个身体里，让他心跳加速。

提奥按下门铃，父亲过了好几分钟才开门。上一次他等了将近半小时，他听见他在里面，或者说他觉得他在里面，他能听见呼吸声或摩擦声，但父亲还没做好开门迎接他的准备，他走到门口所用的时间越来越长，好像他需要这段时间来重新变回一个人类。今天，提奥等在楼梯口，心里就猜到父亲得花上这么长时间才能面对他。他有楼下的钥匙，但没有这把锁的钥匙，为了确保自己不被打扰，父亲会把这把锁也锁上。于是提奥干脆坐到楼梯最上面的台阶上等着，每隔八十秒就起身按一下门铃。

父亲终于出现。尽管提奥为迎接这一画面已经做了一整天的心理准备，他在心里已经预演了十几遍以期适应，尽管几个月来他晓得他看到的父亲会是这副模样，但还是难以掩饰不由自主的后退和厌恶的反应，因为每况愈下，每一周都比上一周更糟糕，好像破罐子破摔的道路没有尽头，永远能往下走。半秒钟的工夫，提奥已经把什么都看在眼里，睡衣、裤裆处的蛋渍或尿渍、胡子、气味、人字拖上的光脚、过长的指甲、扩大的瞳孔正在努力适应另一个人类的出场。

然后父亲对他露出微笑，更像是个鬼脸，一个哀伤的鬼脸。

换作以前，父亲会把提奥拉过来抱在怀里，但现在他不敢。他身上很臭，他自己知道。

接着，他要么回床上，要么坐到书桌的电脑前，付出超乎常人的努力，挤出几个问题。这番努力是个缓慢的过程，提奥能描述出所有细节，它就像齿轮咬合联动，他仿佛能听见齿轮因为生锈而发出嘎吱声，非常难听。父亲需要这么一段时间来构思问题，然后才能表述出来。他问起学校和手球队（提奥已经离开了将近一年）的新鲜事，如同某个潦草的仪式，但他无法集中注意力听提奥回答。最后，提奥往往没好脾气，因为父亲把同一个问题问了又问，或者假装在听。有时候提奥会试着故意整他，把他的心不在焉抓个正着。他会冷不防地让父亲重复他刚说过的话，然后任凭他在大脑表层记录下来的几个词中间挣扎，徒劳地进行复述原话的尝试。说实话，父亲的表现也没有那么糟糕。提奥忍不住对他笑了笑，说没关系，别担心，我下回再跟你讲。

晚些时候，提奥会整理冰箱里剩下的东西，腐烂或发霉的得扔掉，其他的得检查保质期。他还会给父亲整理床铺，开窗换气。如果有脏衣服没洗，那就让洗衣机转起来。洗碗机也是。如果盘子上还有剩饭菜，那就先用水泡着，有时候食物残留太干太硬，简直就跟镶在盘子上一样。

接着，他会拿着父亲的银行卡下楼。到取款机跟前，他先试着取五十欧，如果机器拒绝，那就重新来，试试二十欧。再不行，十欧。

他会去“诚信价”超市买点东西。

回到家，他会先劝父亲起床，去洗个澡，穿好衣服。把电动窗帘升起，到房间里跟他说话。想办法把他拽到外头去，至少走一走。他会在客厅里喊他，三番五次地喊，叫他一起看电影或看电视。

或者，他什么都不做。

这一次，也许他没力气了。

也许他会让事情顺其自然，就这样吧，不想补救，也不想恢复秩序。也许他只想坐在昏暗中，在椅腿间晃悠双脚，因为他已经不知道能说什么、能做什么了，他知道这一切对他太过沉重，他不够强大。

父亲有多长时间没工作，他想不起来了。两年，兴许三年。他记得有天晚上他发誓不跟任何人说。如果母亲知道父亲没了工作，她准会打官司争取绝对抚养权。这是父亲说的。

他发誓保持沉默，所以他什么也没对祖母说，也没对姑姑说，她们偶尔会打电话过来。

以前，父亲是个工作狂，总是很晚才下班，经常一整晚扑在电脑上，还熬夜。有一天，他被公司扫地出门了。扫地出门。他立马想象父亲像一堆废物被清扫出去，躺在地上，动弹不得，因为上司的脚踩着他，以示胜利和大权在握。现实里，这意味着父亲不能再去上班，没有资格接触他的文件和电脑。他犯了错？多大的错？提奥太小，父亲不会给他解释什么，但他记住了这极端耻辱的画面，也因此感到沮丧。

好几个月，父亲一直在找工作。他接受了培训，拓展技能，又重新拾起英语课。他外出赴约，接受面试。

然后，渐渐的，父亲和外界的联系越来越少了。然后，他和外界的所有纽带都断裂了，重返职场是指望不上了，迫使他出门的理由也不复存在。提奥没有立即意识到，因为这次断裂和上次父母关系破裂——持续几个月的撕扯，中间夹着双方律师，一刻不停的争夺，而他是那个被禁言的目击证人——不一样，这次没有呼天抢地，也没有满地碎片。一开始，父亲在家中无所事事的时间越来越长，从上午到下午。他喜欢跟提奥待在一起。他们开车出去兜风，他单手操控方向盘，轻松自在的样子，他说咱俩这样不是挺好吗？等新资注入，他计划带提奥去伦敦，或柏林。然后他不开车了，因为车里没油。然后他不再踏出他住的那栋楼。然后他把车卖了。然后他尽最大努力不离开床或客厅沙发。如今，他把停车位也租给了邻居，每月一百欧，对他来说是重要的收入来源。

他们有多久没“遛弯”了，有多久没玩“一千英里”或飞行棋，父亲有多久没做过晚餐，没点过炉子，有多久没自己打开过电动窗帘，有多久没洗过衣服、倒过垃圾，提奥不知道。

他的祖母、祖父、叔叔和姑姑有多久没来过，父亲从什么时候开始吃药，开始一天到晚昏昏欲睡而且几乎不洗澡，从什么时候开始他们得靠二十欧撑一整个星期，他也不知道。

马蒂斯

因为喝了酒被母亲发现，马蒂斯这个周末见不了朋友了。她细细地盘问他。自修时间他们是不能离开学校的，她想弄明白他们使了什么诡计在学校里喝上了酒。他是否提前一小时就结束了自习？是否未经批准擅自离校？几分钟的工夫，马蒂斯就把故事编得像模像样：班上有个女生带了瓶朗姆酒去做糕点，他们就把剩下的酒喝了。酒有点甜，加了香料，一不小心就喝多了。母亲是那种相信现在学校里还会组织学生一起做蛋糕的人。她想知道提奥是不是和他们在一起（她敢肯定这一定是提奥的坏点子）。马蒂斯淡定到连他自己都吃惊，回答说没有。提奥没来上学。

她最后松了口气。这一次，她什么也不跟他父亲说。但她警告他：要是有下一次，要是她再发现他在学校或校外喝酒，她会毫不犹豫地跟他父亲说。

游戏机也不让玩了。手机被没收，他谁也联系不上。反正，提奥住父亲家的时候，他们从来不在校外见面。

周六下午，马蒂斯和母亲一起去买运动袜，原来的袜子有点小了。从商店出来，他们去了马蒂斯的姐姐家，她跟一个朋友合租，住在蒙帕纳斯公墓附近。母亲给她买了东西，他们顺道送过去。他们在索尼娅家喝了茶，然后步行回家。路上，他们看到一些电影海报，聊起他们想看的电影。

整个下午，他感到母亲身上有一种往外弥漫的忧伤，他讨厌这样，因为他总觉得她的忧伤是因为他。她说话的腔调有点特别，似乎只有他听得出来，还有她看他的眼神，好像他一夜成年或者随时准备远走高飞去世界另一端。又或者，好像他犯了什么错，自己却浑然不觉。

周一早上，他在学校门口见到了提奥。他的朋友周末搞了点研究，迫不及待地要告诉他。

学校组织巴黎歌剧院之夜的活动，沙乐老师前来收取家长缴纳的费用，提奥说母亲因为担心恐怖袭击，不想让他参加。沙乐老师本来想问什么，但又改了主意，看得出来他犹豫了几秒。

马蒂斯知道这不是真的。不是因为他母亲。提奥不参加是因为他没钱。而且这已经不是第一次了。

艾莲

我发现我们没有提奥父亲的地址，开学时学生本来应该填在表上的。甚至连紧急情况下的联系电话都没有。我决定召见提奥的母亲，没有特殊理由。我没让提奥带话，也没通过学校网站约见，而是给她发了一封简短的邮件，留了我的电话号码，让她尽快联系我。她当天就给我打来电话，声音透出掩盖不住的担忧。提奥没有把护士的信带到，所以她没有回复。不知道为什么，从一开始我就对她很反感。她说提奥会在他父亲家住到下周五，在此之前晚上六点以后她都有空，由我定时间。我跟她约了第二天见面。

教学楼下，我远远看见她走来，走得很快，瘦弱的身影撑起米色风衣，没有丝巾也不戴首饰。从衣服的颜色、步态和拿包的方式，能看出她多么希望自己找对调子，合乎人们的期待。我和她在走廊里问了好，然后一起上楼到了实验室。她跟我想象中的完全不一样。

我从提奥开始说起。我说我觉得他很累，非常累，越来越跟不上课堂进度。他去了好几次校医院，上回测试交了白卷。她表现出不解，儿子成绩良好，她不觉得有什么问题。

我说：“女士，问题在于，您儿子情况不好。我不怀疑他的能力，我说的是他，他的注意力越来越难集中。”

她盯着我看了几秒。她很想一开始就这么甩我一脸：您瞎掺和什么呢。但我敢肯定她在估摸我的杀伤力，在衡量这么做的危险系数。

她换了种口吻，语气温和又坚定，职场上应该效果不错。

“我儿子很好。他是个孩子，睡眠有点困难，可能对着屏幕的时间太长了，跟他同龄的大部分年轻人一样。”

我不是会轻易放弃的那种人。

“十二岁，这也太早了吧。”

“再过几天就十三了。”

“他在父亲那边的生活怎么样，您有概念吗？他作息规律吗？”

她深吸了一口气才回答。

“我丈夫六年前离开了我，我们再没有任何联系。”

“也不谈提奥？”

“不谈。他是个大孩子了，我们轮流着监护。”

“这种方式适合他吗？”

“我前夫要求这样，为了少付生活费，不过，反正他已经不给了。”

我感到心头有一股无名火升起，某种阴暗又猛烈的东西向我袭来，突破了我的控制。我从她纤弱的外表下看出了内里的坚固，我想看着她撤退到安全区，想感到她在屈服。

“您拒绝让提奥参加学校组织的课外活动。这挺遗憾的，课外活动对加强班级的凝聚力很重要。”

她的惊讶难以掩饰。

“您是说他不参加课外活动？”

“对。什么活动都不参加。”

我要更逼进一步，要让她站不住脚。

“如果是经济原因，您可以要求学校帮助……”

她提高音量，打断了我的话。

“不是钱的问题，德斯特雷老师。他住在父亲家的时候，就该他父亲交钱。”

我没有马上接她的话。

“您从没来过家长和老师的见面会，这点也很让校长吃惊。”

“我不来，是因为我不想碰见我前夫……我……我受不了他。”

“我们也从来没见过您的前夫，我不确定他知道有家长会，反正您觉得没必要让我们知道他的联系方式。”

她愣了一下，努力想弄明白。

“信息表是提奥填的。开学的时候，他让我在表上签名，我的确注意到了他没填他父亲的地址，但他说他会填的。”

我感到她在动摇。她的防线出现了一丝疑虑的裂缝。

我想要刺伤她，狠话恶语涌到嘴边，好不容易才又咽回去，我很久没有这种感觉了。

这个女人没有保护她的孩子，这令我出离愤怒。

“您前夫是个暴力的人吗？”

“不，一点也不。您为什么这么问？”

我越过了红线。红线被我远远甩在身后。

“女士，您知道，等我们发现孩子在深谷底或悬崖边的时候，就已经晚了。”

她那样看着我，好像我中了邪似的。她望向四周，想找个旁观者或后援。但白墙白砖的实验室里就只有我们俩，坐在一堆试验台和显微镜中间，空气中飘着一股消毒水的味道，让人想起医院。课室尽头，有个水龙头在滴水，像节拍器打着节拍。

这时，没有任何征兆，她双手捂住脸，哭了起来。这让我猝不及防，我笨拙地想扭转局面。

“我们好几个老师都注意到提奥情况不太好。他总是躲躲闪闪。很可能会出问题。”

她还在哭，边哭边在包里找东西，嘴里不停念叨“我不明白，我不明白”，她身上的傲慢不见了，也没再端着架子。我注意到她脖子上有粉底没涂匀，妆哭花了，再盖不住脸上的红斑，衬衣领口已经磨得有点破，双手看起来也比同龄的女人显得更沧桑。这是一个没有被生活温柔对待的女人。一个梦想破灭但依然努力保持体面的女人。

我顿感惭愧，我把她弄到这里，这样考验她。没有任何站得住脚的理由。

我得结束这次会面，息事宁人，假装一切正常。我想来想去，给她递过去一张纸巾。

“我觉得您得带提奥去看医生。看看他身体状况怎么样，是不是……营养不良……他老是累，我们很担心。学校护士也是这个意思。”

她迅速恢复了常态，跟刚才崩溃一样神速。她保证明天就约医生，关于课外活动的事，她回去问提奥。

我们在楼梯口告别。

我看着她在走廊里远去。穿过铁栏门之前，她最后回头看了我一眼，好像要确保我没跟踪她。

我从包里掏出手机给弗雷德里克打电话。

响了一声，他就接了，我说：我做错了。我真的做错了。

提奥

他是最后一个走进体育馆的。学生们已经在泡沫地垫上围坐成一圈，贝尔特罗老师站在门口等迟到者，进行例行的着装检查。

贝尔特罗老师所指的“运动服”乃是全套装备：运动衫、运动裤、正儿八经的运动鞋——可别穿什么花里胡哨的太空鞋和那些亮闪闪的鞋来充数。

几周前提奥就挨了罚：“周二下午两点体育课，必须带齐装备”，这句话罚抄五十遍。

今天，他从她身边走过，被她一个手势拦住了。

“运动服呢？”

他解释说这周他住父亲家，从母亲家走之前他找了个遍，就是没找到。

“你在父亲家就没运动服吗？”

他表示没有，但她不肯善罢甘休。

“你父亲就不能给你买一身运动服？”

不，他父亲没法给他买运动服。他父亲已经领不了失业补助，他大门不出二门不迈，在家里半步半步地蹭，活像只僵尸。

他本可以像这样全盘抖落，也许还能暂时扳回一局。但他知道她不是善茬儿，谁也说不赢她的。而且她也可能会把他的话当真。

她接着发牢骚。她受够了，真的——受——够——了，无法无天了这些学生，穿着便装就来上体育课，以为上谁家客厅玩多米诺骨牌呢。他们当自己是谁啊？

她依然挡着不让提奥走，最终判决下来了：

“去失物柜里找条裤子，赶紧给我换上。”

这是命令，但提奥没动。

“去啊！”

她很清楚，失物柜里只有一条运动裤，至少已经发了十年的霉。而且是粉色的，巨小无比。

提奥发出了最后的抗议，然后把裤子拿给她看，用俩手指头捏着，希望她能明白，能退一步。

“你给我把它穿上，绕体育馆跑四圈。”

提奥嘟囔着说运动裤很臭。

“谁让你忘带运动服啊。”

她没有让步的意思。而且，他要是不穿上这条运动裤围着体育馆跑四圈，她是不会开始上课的。

提奥去了更衣室，几分钟后，他回来了。粉色运动裤只够到他的小腿肚。他以为迎接他的会是嘲笑和讥讽，但没人笑。马蒂斯不停地说“老师别这样啦”。贝尔特罗老师勒令他闭嘴，不然他也得挨罚。

班上所有人都不吱声了。体育馆从来没这么安静过。

提奥开始跑。慢慢地，小步跑，他在一片死寂中跑着，要跑四圈。

他觉得脸上烧得慌，记忆中他从来没感到这么丢人过。

其他人，他们在那里，看得见裤子的松紧带上印着“芭比”的字样吗？

四圈跑完了，没人笑，没人出声。

他在她面前站住，她示意他去和其他人一起，盘腿坐好。

她说：“很好。”

提奥在马蒂斯旁边坐下。马蒂斯抬头想冲他笑，却发现他在流鼻血。血汩汩地涌出，很快弄脏了他的T恤、运动裤和地垫。女生们尖叫起来。提奥原地不动。马蒂斯提出要带他去校医院，但贝尔特罗老师指定由萝丝陪他去。

在众人惊恐的目光中，提奥仰着头，鼻子底下捂着纸巾，离开了体育馆。

他们走后，贝尔特罗老师花了十分钟清洗血迹。

晚上，提奥回到家的时候，父亲在厨房里坐着。他拿出了面包干和果酱，往锅里倒了牛奶，又往碗里倒了些巧克力粉。

一个人到了这分上，这些举动意味着他得费多大的劲儿，提奥都看在眼里。他也看得出来，父亲在灾难的边缘努力坚持着，这意愿有点像最后一堵墙，或一张无形的网，多亏这张网把他兜住，他们才不至于落到更糟的境况。

提奥在桌子另一边坐下，面对着父亲。他鼻孔里还塞着棉花，一坨白色的小棉球，离校前护士刚给他换的。父亲似乎没注意到。

两个人沉默了一阵子，提奥说他下午进了校医院。过了一会儿，见父亲没任何反应，他又接着说他因为没穿运动裤被罚了。他描述了那条粉色运动裤和在众目睽睽之下跑的那四圈。

父亲的眼睛亮了起来，脖子和额头上开始出现片片小红斑，嘴唇微微哆嗦。

提奥希望父亲一拳砸在桌上，猛地站起来，希望他掀翻桌子，大吼“我要把她办了这臭娘们”，希望他一把抓过派克风衣摔门而去。

但他没有。眼泪从他脸上流下，他的双手依然放在膝盖上。

提奥讨厌看见父亲哭。

他脑袋里那个声音好像突然放大，达到了致命的频率。

而且父亲一哭，他就想凶他，说他又丑又脏。

提奥闭上眼睛，深深吸了一口气，喉咙不那么发紧了——这是化解哽噎的技巧，他掌握得相当好，然后他抓起散落在桌上的一角厨房纸递给父亲。

“没事的，爸，别担心。”

艾莲

周二傍晚，我在走廊里碰见初二（2）班的女生。她们面色凝重，一副发生了大事的样子，神神秘秘地交头接耳，但是情绪有些激动，越说越大声。我听到的只言片语里好几次出现提奥的名字。我走上前去。一看到我走近，她们就不说了，艾玛和索琳齐刷刷望向萝丝·雅甘，主导对话的是她。她们在议论什么，得她来告诉我，说不说，都由她。

我问她们要去哪里。这个开场白不是太高明，但我没找到更好的。

她们刚上完体育课，接下来该去上弗雷德里克的课。

我和她们一起往教学楼乙区走，寻思着怎么接着问，但众怒实在难平，都用不着我问。萝丝先是宣布提奥·吕班进了校医院，口气里带着点夸耀。她叹了口气，接着说道。

“体育课出事了。”

她停了几秒，享受这句话带来的效果，又接着说。

“他一个人当着大家的面被罚跑，然后就流鼻血了。流得很厉害。到处都是，老师。”

我不想再往下听，向她道过谢就走了。我努力控制自己不要走得太急，但是一走出她们的视野，我就加快了脚步。

我敲了门才进去。窗帘拉着，屋子半明半暗。

我看见提奥躺在学生病床上，我想他睡着了。

护士把屏风拉好，示意我跟她到办公室去，是相通的一间小屋，就在旁边，她把门敞着。我们压低了声音说话。她告诉我止血花了挺长时间，她甚至考虑过通知他母亲。不，他没摔倒，也没有剧烈活动。他在体育馆里跑了跑，然后就流鼻血了。似乎也只是小跑，没怎么使劲。别的他没再说。他的血压偏低，她觉得他很疲倦。她有充分的理由给他再做一次全身检查，她也做了。她也找了。但什么也没有。没有任何伤痕。不过，跟上次比，他体重掉了。

我问能不能看看他。她就让我自己走到他床边。他感到旁边有人，于是睁开眼。脸上毫无表情。

我问他感觉怎么样。他说好些了。我又问要不要通知他父母，他坐起来说没必要：那样只会让母亲更焦心。下午快过完了，他错过了音乐课，但那是今天最后一堂课。到点他就可以回家休息了。

我待在他身边，没说话。他没把床单盖身上，而是直接躺上面，似乎怕把床弄脏弄乱。他的T恤往上翻了一点，我瞥见他的皮肤，在胯骨尖那块儿，那是孩子的皮肤，小男生的细皮嫩肉，几乎透明，让人看了心头一颤。也是在这时候，我才看见他穿着那条可怕的芭比运动裤，裤子上还有血迹。

“是你的吗，这条运动裤？”

“不是，从体育馆拿的，我忘带运动裤了。”

几分钟前我还能捕捉到他的眼神，现在没了。他拉床单盖住腿。

“是贝尔特罗老师让你穿这裤子的吗？”

他犹豫片刻，点了点头。

“她还让你当着其他人的面跑圈？”

他没回答。

“就你一个人跑？”

一种无言的痛苦涌上他的脸，他闭上了眼睛。

我谢过护士，离开了她的办公室。课间休息已经结束，我在高一（3）班还有最后一小时的课，他们大概已经在我的教室里等了几分钟。

我想都没想，就朝体育馆走去，埃莉安·贝尔特罗应该还在。

学生们分成小组，围着不同的器械。她站在高低杠旁边，正用双臂演示一个腿部动作，从远处看挺可笑。

我快步穿过体育馆。没等走到她跟前，我就开始吼，怒不可遏，词语从我口中咆哮而出，像尖锐、凛冽、带刺的狂风。她吓懵了，嘴唇哆嗦着，学生们开始聚集围观，这些我都不管，周围一切不复存在，没有什么能让我停下（随后几个小时我压根想不起来都说了些什么，记忆中只有我咆哮的声音。但从昨天起，词语和画面开始重新浮现，还有羞耻）。我想，我是把我所有骂人的脏话都喊了个遍，无一遗漏。骂人的词儿我不缺。最后埃莉安·贝尔特罗给了我一记耳光。我听见有人说“她们要打起来了”，我能感觉到学生们热切的心情，眼看我们要给他们贡献一场前所未有的表演。群情亢奋，有人已经冲向更衣室拿手机了。

忽然，现实重返。这不是梦，不是幻觉，这是正在发生的事：我打断了埃莉安的课，把她骂了个狗血淋头。

赛西尔

几星期前，我进了威廉的书房。我从来不刻意寻找什么。每天上午，一个人的时候，我会在家里转一转，收拾收拾，浇浇花，确保一切正常，有条有理。我想所有的家庭主妇都有自己的日常巡视路线，以此来监控领地，认清内外的边界。所以，这天上午，和往常一样，我开始巡视。

我从来不会在威廉的书房里停留太久，因为烟味太难闻。我通常只是收起窗帘，开窗通风，下午晚些时候再回来关上。大多数晚上，威廉都待在书房，在此之前，我以为他会阅读报纸或准备材料。但这天早上，一进书房，我就注意到垃圾桶里有一团揉皱的纸。我说不上来为什么。书房的垃圾桶里经常有纸，我没有任何理由弯腰捡起这团纸打开来看。然而，我这么做了。

那是一张印有他的公司抬头的纸，字是他手写的。有些段落反复改过，一些词代替了另一些词，箭头标明中间一段要挪到末尾。这份草稿一点也不像威廉在起草的工作报告。于是我从头读到尾。说实话，我就这样愣了好几分钟，这些充满憎恶和愤恨的句子，这些浸透毒液的词汇，我读了一遍又一遍，我无法相信这样的东西出自威廉之手，这不可能，无法想象。他为什么抄下这么令人作呕的文字？我打开他的电脑，一心想着找到以这样或那样的形式存在的文字出处，我认定他是出于某个隐秘的理由，抄下了哪个疯子写的东西。但电脑设了密码。我手里拿着纸，走出书房，两腿发软。我到自己的房间里拿了笔记本电脑，坐到沙发上。我不假思索完成了这些动作，仿佛一部分的我已经掌握了答案，这一部分的我最后掌了权，而另一部分拒绝面对现实，宁愿一无所知。我在谷歌的搜索栏输入头四句话，按下回车键。文章全文显示出来，是草稿修改后的版本，署名“威尔摩 75”。几分钟后，我才反应过来，我看到的是威廉用化名建的博客，他时常在上面发表观点、思考和评论，什么话题都有。

我接着在搜索栏里搜这个化名，找到了几十条威尔摩发布在新闻网站或论坛上的帖子。刻薄、下流的评论，充满仇恨和挑衅，似乎还让他在社交网络上小有名气。好几个小时，我就坐在屏幕前，双手颤抖着，一页页点开看，惊愕之余，一阵阵反胃袭来。合上电脑，我觉得脖子难受。老实说，我浑身难受。

今天，我才能够描述这一幕，也就是说，能把如何发现另一个威廉的过程讲出来。但事发之后的好几天里，我连提都没法提，因为有些词我根本说不出口。

对，我没法想象我丈夫，也就是和我共同生活了二十多年的男人，竟能写出“基佬”、“臭婊子”、“北非佬”、“屁眼”、“吃屎”、“蛤蟆脸”之类的字眼，而且不可否认，他的文字中带有明显的种族主义、反犹主义、反同厌女色彩。然而，他的确就是这种混乱、恶毒又老练的笔法。我花了好长时间才肯相信威廉这个博客已开了近三年，相信就是他用这样的字眼评论政治新闻、焦点事件和互联网每天不计其数的三分钟热度话题。我花了好长时间才能直接提及他写的文字，也就是说，在费尔森伯格医生面前亲口说出来，哪怕只是列举其中几个样品。

我拒绝承认威廉会写下这么可怕的东西，发布在网络上。与此同时，我似乎又早有所料。

有些东西，当它潜伏的时候，我们明知它就在附近却拒绝面对，等到它终于冒头，我们反而平静了，就像最糟糕的状况得到证实的时候，我们反而如释重负，这种感觉真奇怪。

提奥

轻微的反胃突然变得剧烈。他一脑袋栽到自己手里，他知道不能这样，必须望向远处，盯住某一点，但他对着柜子蜷成一团，动弹不得。食堂楼梯下的藏身之处没有任何东西能抓住他的目光。他一抬眼，四下就摇晃得更厉害。他缓慢、规律地呼吸，可千万不能吐。这一刻，什么都不重要了，他担心的不是被逮住，不是没法从柜子底下爬出去。他只是想停下。想让夹着他脑壳的老虎钳松开。

早上，他从父亲那里拿了一瓶陈年马提尼，还剩下近三分之一。糖分凝在瓶口，他费了好大劲才拧开瓶盖。在地铁里，他只是把鼻子伸进背包闻了闻味儿。他喜欢酒精那甜甜的芳香，他想这次应该比上次好入口。

为了让空腹饮酒那种立竿见影的醉意更强烈，他在食堂几乎什么都没吃。马蒂斯去上拉丁文课了，只有他一个人。他等着所有学生回教室上课或上自习，才往楼梯走去，确认没人能看见，他便钻进了藏身之处。

铃声响起。走廊瞬间喧闹起来。阵阵笑声和说话声，就像只有他才能听得出来的含水层，他的听觉变得异常敏锐，从中辨认出了各种声音：人群的交汇，鞋底与地毯的摩擦，衣服轻轻掠过，人潮涌动引发的空气流动，每隔一小时上演一回；像一出芭蕾，他看不见，却能感知每个动作。他感到脑袋一阵发热。想要出去，他还得忍着，不能吐，得等能平躺到地上，才能从衣柜底下钻出。但这会儿他还做不到。

走廊越来越空，喧闹渐渐消退。接下来的英语课他要迟到了。到了这时候，马蒂斯应该开始担心了。他没告诉马蒂斯他要去秘密藏身处。

一个念头飞快地掠过他的脑海：没有人知道他在这里。

一切重归寂静，他坐着睡着了。

醒来时，他完全不知道钟点。他的手机没电了，自动关机。

他可能睡了十分钟，也可能睡了两小时。

到晚上了吗？学校是不是已经关门？

他竖起耳朵。他能听见远处某个教室一个人大声说话的声音。他长出了一口气。

现在他可以平躺到地上了，不再觉得一躺下脑袋就滚得老远。他保持这个姿势，轻轻呼吸，强忍着恶心。他背贴地面，找个适合的角度，钻到衣柜底下。往前蹭的时候可不敢惊慌，就差那么几毫米，他的身体和衣柜底之间几乎没有空隙。

他钻出来了。走路的时候还是摇晃，他艰难地抬起一只脚放到另一只脚前方，有一种奇怪的感觉，好像每踩一脚，地面就往下陷。他得扶着墙才能往前走。

他看了一眼挂钟，英语课马上要结束了。

马蒂斯很快就下课，八成会来找他。

一进卫生间，反胃感一下子重新涌上来。他推开隔间的门。他舌下生出一团铝球，咽不下去。铝球让他恶心，然后他的胃开始收缩，他往马桶里呕出了棕色的液体。第二波，来得更猛烈，差点没把他掀翻在地。

铃声响起。

时间只够他洗把脸漱漱口。课间的喧闹再次充斥走廊。

天旋地转，他得扶着洗手池才能撑住。

他听到说话声和笑声在靠近。

他又进了一个隔间，他不想见到任何人。

他背靠墙往下滑，滑到半蹲半坐的状态，这个姿势他还能坚持住，离马桶也不太远。

寂静再次回归，他听到了马蒂斯的声音。

马蒂斯在那里。在找他。在喊他。

艾莲

就刚发生的事，我们全都被校长召见谈话。我们，也就是初二（2）班所有老师。讷穆尔先生本可以只让埃莉安·贝尔特罗和我对质，但考虑到这次争吵事关提奥·吕班，我此前也就这名学生的情况提出过警告，他认为有必要让所有老师到场。

在整支教师队伍面前，他强调，我的态度是极端恶劣的。在一所像我们这样的初级中学，这种失控行为不能接受。埃莉安·贝尔特罗一开始威胁要到学区甚至市警局告我，后来才改了主意。她要求我道歉，我在所有同事面前又道了一遍歉。真该看看她得意的小样。尽管她对提奥的惩罚不能成为我失控的理由，我还是要求对这样的惩戒手段展开讨论：让一个十三岁的男生穿一条太小的、不合身的粉色芭比运动裤跑圈，当着全班同学的面出丑，合适吗？埃莉安·贝尔特罗不觉得有问题。确切地说，她不知道怎么就出丑了……在她看来，提奥一而再，再而三地忘带运动服纯属挑衅。用她的话说，他把她当猴耍呢。弗雷德里克替我说话了，他的声音坚定、沉稳，平静中自带威严：可能有别的原因，还得进一步观察。再说提奥近来总是很累的样子，甚至不知所措，常常主动躲到医务室去。

埃莉安·贝尔特罗最后说她不喜欢这个男孩，甚至对他有些反感。校长明显不能接受她的辩护，他要她记住，没人要求她爱学生，她的任务是上好她的课，对学生一视同仁。

其他人没有发言。讷穆尔先生问他们意见，他们纷纷表示，提奥·吕班这个学生总是躲躲闪闪，很难让他集中注意力，除此之外，并无异常。没别的。埃里克·吉贝尔提醒大家注意，上午提奥人在学校，但最后一节课旷课了。另外，细看会发现提奥白天经常中途旷课，而且毫无理由。弗雷德里克最后一个发言，说有一天他给全班同学听《魔笛》选段，看见提奥哭了。最后，校长大声读了护士的报告。不管怎样，他要求全体教师提高警惕。

校长问起我们是否有人接触过家长，我心里一阵慌乱。我不假思索，和其他人一样回答没有。

我立刻感到弗雷德里克的目光落到我身上，满是疑虑。他的嘴唇微张，但他的目光在逼问：艾莲，你为什么没说实话？

校长收回信息表，他注意到任何一张表都没有提奥父亲的地址。他嘱咐教务主任娜丁·斯托吉叶，可能的话，要取得家长双方完整的联系方式。

会议到此结束，没人再多说一句。

一出办公室，弗雷德里克就赶上我的脚步。他和我并排走了一会儿，没说话。然后他伸出双手摁住我的肩膀（表皮一颤，电击一般，很快被身体吸收），让我停下来听他说话。

“你为什么没说你见过他母亲？”

我答不上来。因为每一个人，无论是刚才一起开会的，还是学校之外的，街上、地铁里、我家楼下，我碰见的每一个人，最近几周都成了我的敌人。我内心有某种东西，某种恐惧和愤怒的混合物，在我身上沉睡了好些年——因为我定时注射轻度迟钝麻醉剂，自己控制着剂量，这东西苏醒了。

这种感觉如此突然，来势汹汹，这无法遏制的狂怒让我难以入睡。

是的，我没说我已经见过他母亲，校长也许很快会知道，会指责我撒谎，会得出这个合情合理的结论：我在这件事上过度介入了。的确如此。

弗雷德里克很担心。他怕提奥母亲来投诉我。从她的角度来看，我无缘无故召见了她，提出了一些不合理的警告。

我真希望他把我抱在怀里，就几分钟，任凭自己身体的全部重量压倒在他身上。找到倚靠。呼吸他的味道，感到我的背、我的肩在放松。是的，当然，就一小会儿。

从学校出来，我一点儿也不想回家。我漫无目的地走，被自己的脚步牵引，穿过这里或那里，只是不想停下来。怒火仍未消减，依然在我的皮肤之下、在我身体的每个部位跳动。只要身体不发出体力耗尽的信号，我就无法走上回家的路。

很晚，我回到家，和衣栽倒在床上。

赛西尔

另一天，马蒂斯撞见我在厨房里，我没听见他进来。他出现在我身后。

“妈妈，你在跟自己说话吗？”

我猝不及防。

“不，亲爱的，我在和下面的邻居说话，她就在那儿，但你看不见。”

他迟疑了一秒，然后笑了。马蒂斯有着和他父亲一样的幽默感，我是说，他父亲曾经有的幽默感。他打开壁柜，想找点东西当点心，但似乎不知道该拿什么。

他在厨房里走过来绕过去，过了一会儿，他问我下周末能不能让提奥来家里睡。我不知道该如何作答，周六晚威廉和我被邀请去朋友家晚餐，我不想让他们两个单独留在家里。我说我考虑一下，我会跟他父亲商量商量。我经常这么说，“我会跟你父亲商量”，但今天这个句子听起来要多荒谬有多荒谬。一个十三岁的男孩能从这样一句蠢话里得出什么结论？我是个唯丈夫马首是瞻的妻子？男性地位高于女性？什么事情都是威廉说了算？我躲在这真实或虚假的权威背后，逃避自己做决定的责任？他父亲和我之间无话不说？我觉得自己真可怜。

任何人，和伴侣有过家庭生活或正过着家庭生活的，都知道另一半是个谜。我也知道。是是是，另一半身上有我们绝对无法捕捉的一部分，因为另一半是个神秘的存在，有自己的秘密，是个晦涩又脆弱的灵魂，另一半当着他（她）自己的面窝藏他（她）那部分童年和他（她）不为人知的伤，压抑他（她）混乱的情感和阴暗的情绪，另一半和所有人一样，得学着做他（她）自己，得醉心于寻找鬼知道是什么的个人最佳状态，另一半这个陌生人摆弄着他（她）的秘密花园，是的，当然，这些我早就知道，我是个过来人。我读书，读女性杂志。假话空话，十足的老一套，没有半点慰藉的作用。我从来没看到任何地方写过，说另一半这个陌生人，就是和你一起生活、睡觉、吃饭、做爱的这个人，你以为你和他（她）思想统一步调一致，称得上琴瑟和鸣，却发现实际上你对他（她）毫不了解，他（她）脑子里藏着最卑鄙的念头，他（她）说出的话让你感到羞耻。当你发现另一半横空出世的这一部分已然像是跟魔鬼立下了契约，该怎么办？当你明白幕布的背面泡在泛出阴沟恶臭的泥塘里，又该怎么办？

我本不该捡起那个揉皱的纸团。我知道。我本该继续待在甜美盲目的不知情中，继续自言自语——没有更好的办法——以求平静安心，自我陶醉。

但是，要到什么时候？

天真无知的时光不再。我抑制不住自己去看的欲望。每天早上，等到马蒂斯去上学威廉去上班，我就扑到电脑上。我先从他的博客看起，他不定期在上面发博文，然后再挨个浏览他常去的网站和论坛，这些地方他倒是几乎每天都会发表评论。有时候，讨论激烈起来，他回应别人的评论，一天会发好几条，狂妄自大和咄咄逼人逐条升级。威尔摩在网络上散播他的轻蔑，啐吐他的毒液。为了不被管理员删帖，他把话说得隐晦迂回，含沙射影。在什么网站说什么话，他晓得把握分寸，似乎从来没被追究过。

我不认识写出这些词的男人。

我丈夫不是这样的人。我丈夫不使用这类词汇。我丈夫身上不可能窝藏着这些字里行间渗透着的恶臭污秽。他是个有教养的人。他出身富裕，教育背景良好。我丈夫不会整晚整晚泼污泥，然后自己跳进去打滚。我丈夫不是那种嘲笑一切、讥讽一切、吐槽一切的人。我丈夫有更好的事要做。那个几乎每天晚上都把自己关在屋里、等着伤口流出腥臭脓液的人不是我丈夫。

我丈夫曾经是个英俊、幽默而且有思想的人。我爱他的冷静和才思敏捷。他以前很会说话。他光彩照人，待人也慷慨。他总是给我讲各种大大小小的故事。他关心别人的生活，也关心我的生活。

我告诉费尔森伯格医生，这种遭背叛的感觉总是在夜里涌上我的心头。是的，威廉背叛了我。威廉对我隐瞒了他自己的一部分，这部分的他渴望打架斗殴，随时准备好毁掉一切，所写对立于所想，或者说对立于他口口声声宣称的他的所想。

费尔森伯格医生逼着我自我防卫。他问我威廉是否了解我的一切，包括阴影地带。

当然不。但这不是一回事。

“哦？”他似乎很吃惊。

“我跟您说的，不是说不出口的幻想或秘密花园。我说的是一车又一车往公共场所倒的垃圾。”

“也许他觉得丢人，所以才不告诉您？”

“或者他认为我太傻，不会明白。到目前为止，他都毫不犹豫地让我当他的同谋。”

“干什么的同谋？”

“和现实生活达成一些小小协议的同谋。”

“哪些？”

“我想，应该是让夫妻关系更牢固的那些吧。”

“比如说？”

他的明知故问让我恼火。但我还是答了。

“每对夫妻或伴侣都有属于他们的一套规则和惯例，通常是默认的。对吧？像是一份心照不宣的契约，把两个人结合在一起，不管在一起的时间是长是短。我说的，是那种多少有些粗浅的计谋，两个人一起策动，但从来不明说。是和现实达成的协议，没错，甚至，比如说，是和真相达成的协议。”

“也就是说？”

“也就是说，比如，一次晚餐。丈夫讲述起发生在夫妻间或家庭里的小故事：他们俩不可思议的一见钟情，蜜月旅行前夜航空公司罢工，一九九九年那场风暴，他们当时正开着崭新的车在北方省一条国道上，或者那一次，他们在某个旅游网站上租了房子，到了之后发现跟网上完全不一样，而且房子里没有水，又或者另一次，他们的女儿从维莱特公园一架很高的滑梯上掉下来。总之，丈夫讲的是他们一起经历过的事。他喜欢制造一点效果，稍稍美化一下，或者更甚，为了让故事更好玩更刺激，他又添加几个惊人的细节。他夸大了。加工了。这么做的时候，他设想妻子会替他圆谎。他合情合理地设想她应该不会多说什么，应该会成为他的同党。她也的确这么做了。”

“是吗？”

“您不是吗？您夫人稍微夸大其词的时候，您会当众反驳她？”

（我知道费尔森伯格医生已经结婚，他手上戴着戒指。）

他微微一笑。我接着往下说。

“我觉得所有夫妻之间都有这样的心照不宣。程度不尽相同。这么说吧，保密条款多少还是有些长度的。这些战绩呢，被一提再提，最终铸就了某种类似家庭小说的东西。像史诗。因为经年累月，他们自己也就信了。”

费尔森伯格医生不说话。

这时候我又补充了一句，我不知道这句话算是对前面的总结还是我随后该展开的论证的开场。

“事实上，夫妻就是两个人联手干坏事。”

等了几秒钟，他才开口。

“问题是这一次他没跟您联手。而且您也不想跟他联手。这档事超出合同范围了。归根结底，这一次，我们可以说您丈夫不想连累您。他没有找您当他的同党。”

“没错。但问题是，被我发现了。”

他决定这次诊疗到此结束。

我开始熟悉他经验老到的暂停和狡诈的策略。他心想我靠着这些廉价的名言警句和它们隐含的意义就能自愈了。顺其自然即可。

是的，我们联手干坏事。大概吧。如果非要这么说的话。我们不断谈判、让步、妥协，我们保护子孙后代，我们服从团体法则，我们迂回前进，我们精心打着小算盘。但是底线在哪里？当另一半的同党能当到哪里？我们要跟着他（她）、保护他（她）、包庇他（她）到什么地步，要为他做不在犯罪现场的证人吗？

这个问题费尔森博格医生没有问我。这个问题就包含在我自己的话里，他肯定我早晚会问自己。

是的，我爱我丈夫。反正我这么认为。

但他变得让人爱不起来。

人会改变到这种程度吗？我们每个人身上是否都隐藏着一些卑鄙到无法形容的东西，可能某天便显露出来，像讨人厌的脏墨水渍在火焰的炙烤下显现？我们每个人是否都窝藏着一个可以长年作为骗子存在的沉默怪物？

晚餐桌上，我观察着我的丈夫，我问自己：他身上的魔鬼是否不经意散出了气味露出了马脚，魔鬼的愤怒是否传出了回响而我却未能识别？

难道是我变了？难道是我把他变成了这个刻薄的、胆汁泛滥的造物？

马蒂斯

他不再觉得这是件好玩的事。

最开始，每次提奥和他躲进藏身处，他都会感到后背一阵阵激灵，心跳加速，肾上腺素渗入全身。壁橱后面有他们和醉意的约会。那股兴奋劲就像他还是小孩子的时候，妈妈带他去游乐园，他坐上升降机，不停地上上下下，直到晕头转向。

但是现在，他不太想去壁橱后面了。他怕被发现，怕被困在里面，怕像提奥一样吐，怕他妈发现他又跑去喝酒。他不敢告诉提奥他害怕，说他想到此为止。因为提奥一心只想着这个，只想找机会喝酒，躲开别人的目光，把自己隔离。加大剂量，喝得更快。他们刚认识那会儿一起发明一起玩的游戏，被提奥自己跟自己较劲的喝酒比赛所取代。马蒂斯怀念从前的时光，他们交换卡片和杂志，聊他们喜欢的电影和视频。他已经记不清酒精是怎么出现在他们中间的了，也许第一次是通过雨果。雨果找到他哥哥留下的一个瓶底，藏到了书包里。他们喝了，一人一口轮流来，笑得很厉害。

喝酒是个游戏。一开始。一个他俩一起玩的地下游戏。

现在提奥心里只惦记着这个。马蒂斯一脚刚踏入学校，就得面对他的朋友迫切的追问：他找到钱了吗？小瓶的酒带了没？还剩多少？

两周前，提奥的祖母给了他一张二十欧的钞票。他们在雨果的哥哥巴蒂斯特那里订了一瓶大瓶威士忌，至今还未收到货。

今天，德斯特雷老师组织学生去植物园。她选择去进化大展馆，这样他们就能参加工作坊“如何将物种分类”。

上午出发前，她先点了名，然后让每个学生记下她的手机号，万一有人走丢。他们一起从学校出发，走到地铁站。

提奥没有来。马蒂斯很失望，但他终归还是很喜欢工作坊。通过对若干动物物种的观察，他们了解了这些物种的特征以及科学家将物种分类采用的方法。

他长大了想当兽医。

回去的路上，班上同学一起往学校走（不能让学生四散在公园里，回校还要点名），德斯特雷老师问了马蒂斯一些问题。她想知道为什么提奥不参加任何课外活动。

他在害怕什么吗？是不是有人不让他参加？

马蒂斯很礼貌地回答说他不知道。

她没说话，两个人沉默了一会儿，他觉得自己得再说点什么，于是补了一句：也许因为他没钱。

他很想到不远处那群女生中间跟她们一块儿走，但德斯特雷老师没有要放他走的意思。她还有问题要问。她说她觉得提奥很悲伤很疲惫。有那么几分钟，马蒂斯想她是不是发现了他们的行踪，或者她是不是猜到了什么，但实际上她想知道他是否去过提奥家，是否见过他父母。马蒂斯尽可能简短地回答，然而他看得出来德斯特雷老师很担心。

快到学校了，她还是走在他旁边，心事重重的样子，好像在找一个怎么也找不到的谜底，他恨不得就这样跟她说，什么也不解释："提奥喝酒，好像要把自己喝死。"这句话在他脑子兜兜转转好几分钟了，沉重，庄严，怎么也说不出口。

萝丝突然赶了上来，还没等走到他们身边，就问下次测试是否考这次课外活动的内容。

德斯特雷老师叹了口气。不，不会有测试。

马蒂斯还是没开口。

太迟了。

那天他陪提奥回他父亲家看到了什么，他本该都说出来的。

那是他第一次进他们家门。以前，提奥从来不主动提出让他上楼，每次马蒂斯去找提奥，都是在楼下等着。

那天，提奥独自一人钻到壁橱后面去，喝朗姆酒把自己喝倒下了。最后他出来了，在学校厕所吐。马蒂斯在厕所找到他的时候，他连站都站不起来。马蒂斯让他靠在自己身上，帮他收拾了柜子里的东西，扶着他下楼梯。他们一起去坐地铁，中间停下来好几次，因为提奥恶心想吐，然后才慢慢走到他家楼下。提奥本来不想让马蒂斯上楼，但他自己一个人根本没法走路，只好把大门的密码、楼层和房号都告诉他。

拿钥匙开门的是马蒂斯。房子笼罩在一片昏暗中，窗帘拉着。很快，有股味道直逼嗓子眼。空气污浊，呛嗓子。窗户应该很久没开过。

提奥喊道：

“爸爸，是我。我和一个朋友一起回来的。”

慢慢的，马蒂斯的眼睛适应了屋里的昏暗，开始能够辨认周围。他从来没见过这么乱的地方。满地的东西，几乎到处都是，屋子中间，过道里，像是被丢弃在那里，仿佛时间在那一刻停滞。桌子上蒙着一层面包屑，堆放着各种空酸奶罐、用过的餐具、成摞的盘子，还有一些碗，碗底可见颜色不同的液体残留已经干燥结块。沙发旁边的一只盘子里躺着一角比萨干。

提奥动手收拾东西，但动作很笨拙，差点打碎一只玻璃杯，于是他停下了。

反正是白费力气。

提奥的父亲出现在客厅里，他光着脚，眯着眼睛，好像为了适应多么强烈的光照，但照亮屋子的其实只有一缕从窗帘缝隙投射进来的光。他穿着一条软趴趴的裤子，裤头掉到了髋部，马蒂斯说不上来那是睡裤还是运动裤。马蒂斯觉得看起来他就像奶奶送的人类史绘本里出现的山顶洞人。

马蒂斯彬彬有礼地做了自我介绍，按他母亲教的那样，然后就闭嘴了。提奥的父亲让他害怕。他在桌子边坐下，挨个看着他俩，没注意到他儿子的状态。换作马蒂斯的母亲，什么都逃不过她的雷达。

“怎么样啊，孩子们？”

提奥转脸向马蒂斯，告诉他可以走了。

他谢谢马蒂斯，谢了好几次，谢谢他上楼，一直陪到这里，他心里八成不这么想。他宁愿马蒂斯消失，从来没来过。他感到羞耻，马蒂斯也一样，好像这羞耻也属于他。

提奥的父亲不抬眼，不说话，定格在一个像在冥想又有点往后退的奇怪姿势里。

就在这时候，马蒂斯注意到煤气灶。两个炉中有一个正烧着，火开得很大，但火上没有放任何煎锅或奶锅。在他站着的位置，他能听见煤气燃烧的声音。

临走前，马蒂斯总算能把视线定在提奥的父亲身上，他看了好几秒，记住了他奇怪的肤色和双手的颤抖。他不应该忘记任何细节。但他为什么会这么想呢？也许是因为那没用的、跳动的火焰，离他们就几米远，但好像没人看到。

马蒂斯站起来，他说：

“那边，你们的煤气炉，开着……”

提奥扭头看着父亲，像训孩子一样对他说话。

“怎么又这样，爸爸……你要做东西吃吗？”

他父亲没回答。他的眼神稀释在某种特别空旷又不可企及的东西里，嘴角有干掉的唾沫留下的痕迹。

提奥走到煤气灶前关了火。他父亲说话了，是辩白的口气。

“我冷。”

马蒂斯问能不能要杯水，他的朋友不得不把灯打开。他给他端过来一杯水，杯子在往地上淌水。他用目光在他俩之间立下保密的契约。

提奥把马蒂斯往门口推。最后一声谢谢还没说完，门就关上了。马蒂斯手里还拿着那只水杯。他犹豫着要不要按门铃，最后他决定把杯子放在地垫旁边。

他沿着来时的路往地铁站走。

一边走，他一边想起小的时候，他和索尼娅去文森森林里捡石子，他说那是受伤的麻雀。他小心翼翼地把石子捧在手里，用手指尖抚摸它们，有时候还跟它们说话，给它们打气。他向它们保证，它们会痊愈，会长大，还说它们很快就可以飞。等到石子吸收了他手掌的温暖，看起来似乎安心了，他就把它放到口袋里，和他刚救下的石子们放在一起。

提奥

母亲是否一直脾气火暴，说变脸就变脸，他是否一直和她保持着距离？他不知道。他不再蜷在她身边看电视，不再用两条胳膊揽住她的脖子道晚安，不再想让她的手摸他的脸。他不再亲吻她。他长大了，疏远了她的身体。

自从她决定不哭之后，脸倒还一直绷着，嘴也老紧紧抿着，眼神总在窥伺。她保持着警惕，随时准备抵抗、回击、大吵大闹。她什么都不放过。他很少看见她笑，偶尔有几次——像上星期，有天晚上她有个朋友来家里吃晚饭，她的脸一下子显得年轻许多，柔和许多，让他惊叹。

他感觉最明显的，是一直积压在她身上的那块怨恨的血，一直就没消退。他知道血块就在那里，三言两语就足以把它挑开，让里头黑色的血汩汩漫溢。他知道这怨恨是某个伤口沤烂了的果实。

每次他在父亲家过了一星期之后回到母亲家，得先把他的东西放到脏衣篮里，然后洗个澡，得把身上所有敌方的痕迹清除干净，他才能面对她。而且，每一次，就在这个时候，他很想靠近到她身边，低声地，把一切都告诉她。

他想对她说他多么担心父亲，他多么强烈地感到有一股黑暗的力量正碾压着父亲，把他摁在地面起不来。他知道他父亲每天都在往某个一去便不能复返的危险区域靠近。

他想躲进母亲的臂弯里。在她的香水味里找到平静。但他一头撞上的总是她僵直的背，垂着的双臂，绷紧的脖子，她的动作生硬急促，她不能用双臂抱住他，她连正眼看他都困难，她摆脱不了这个念头：她正在她自己的地盘接纳从耻辱之国返回的儿子。

所以，这一次，又一次，他放弃。

他什么都不会说。

没关系。会有办法的。父亲会好起来的。他会帮他。

下个星期，他会有所行动。他不会让废纸乱丢，不会让脏碗一直摞着，他会用海绵擦干净桌子，会把空酸奶罐扔掉。

然后他会打开电脑，上专门的网站替父亲找工作，把他的择业条件填好，再叫他过来看。

有时候，他问自己，是否真的有必要当成年人。得不偿失，像奶奶说的那样。每回要做重要决定，她会把“赞成”和“反对”的理由列两列，中间用尺子划一道线隔开。如果问题是要不要当成年人，这两列理由会是对等的吗？

和大部分的食物不同，酒精是不被消化的。它从消化道直接进入血管。只有极小一部分的酒精分子被肠道的酶纳入新陈代谢中，也就说被弄碎，变成更小的碎片。其余的穿过胃壁或小肠壁，很快跟血液一起流通。只需要几分钟，血液就会把酒精运送到身体各部分。他们在德斯特雷老师的课上都看到了。

大脑感知酒精的效应最快。担忧和恐惧撤退，有时候甚至消失，把位置让给了某种眩晕或兴奋，能持续好几小时。

但提奥想要的还不一样。

他想达到大脑自动休眠的状态。无意识的状态。那个只有他听得见的尖锐的声音，经常在夜里出现，偶尔白天也出现，他想让它停下来。

要达到这一步，血液里必须有四克酒精。在他的年纪，可能需要的少一点。按他在网上读到的，这跟吃的食物和喝酒的速度也有关系。

这叫酒精昏迷。

他喜欢这个词，它的发音，它的承诺：一段消失的时间，被抹去了，谁也不欠谁什么。

但每次他一接近，总是还没达到目的就先吐了。

艾莲

又有一天，学校里出了一档事，食堂楼梯下有个空间，用一个大壁橱堵住了，似乎有学生经常钻到壁橱后去，一位保洁女工在里头发现一些不知道哪儿来的纸，她肯定，前一周没有这些纸，而且也不可能是从楼梯上扔下去的。按她的说法，这不是第一次了。校长立即采取措施封住入口。壁橱下堵了两袋水泥。一方面，学生本不该躲过我们的视线，另一方面，万一有人被困在里面出不来，那将十分危险。有人带我去看现场，通道已经被堵死。我心想，得身材纤细且身手敏捷的人才能从底下钻过去，而且还得真心想躲起来。

这类事件往往会让学校这个小地方热闹好几天，每个人贡献各自的分析或假设。总得找点事消遣消遣。

这天下了课，弗雷德里克在等我。他有话要跟我说。每个周二，我们会同时下课。他说他觉得我真的很紧张很疲惫。他不知道是不是这件事让我变成这样，还是有别的事被我的强迫症唤醒，或唤醒了我的强迫症。强迫症，这是他用的词。我足够了解他，知道他用词总能用得恰到好处。

几年前，弗雷德里克曾经揽我入怀。那时候我们刚开了个艰难的教务会议，一边是他和我，一边是初四（5）班的其他老师，我们好几条意见不统一。我心力交瘁，是因为看到有些学生们将被引导走上某些道路，我们明明知道对他们来说是死胡同，这么做只不过因为那些方向还有空缺，花费少，而且也知道他们的父母无论如何不会来学校闹事。开会过程中，我发了好几次言。我惊讶，我愤怒，我反抗，我据理力争，弗雷德里克站在我这边。我们为三名学生赢得了胜利，使他们免于“被选择”默认的方向，也就是说老师们出于懒惰或放弃而强加于他们的方向，总之都不是出于学生自己的意愿。开完会，弗雷德里克提出去喝一杯。我答应了。我对他有好感很久了，但我知道他已婚。他妻子生了第二个孩子之后罹患重病。在教师活动室里，直到今天还有人说这事，遮遮掩掩地，趁他不在场的时候。还说他也不是那种会把重病的妻子丢下不管的人。

我们喝了几杯，庆祝小小的胜利，然后我们又重现了一遍教务会上的对话，模仿相互声援，又聊了我们的生活。

后来很晚了，在去往地铁的路上，弗雷德里克紧紧抱住了我。那样的姿势，我们保持了很久。我记得他抚摸了我的腰，我的臀，我的头发。隔着薄薄的花裙子，我感到他的裆部硬邦邦地压在我的大腿上。他没有吻我。

这本可以是一段关系的开始。对我俩都太危险。这是他几天后对我说的。他不想爱上谁。

我把这事讲给闺蜜们听，她们都笑了。男人的借口。已婚男人典型的临阵逃脱。大概是吧，如果我们睡了的话。可事情不是这样。

我们成了团结默契的同事。我们有一样的信念，我们并肩作战。既然没有更好的办法，那就抵抗。这已经很不错。

的确，弗雷德里克了解我，即便我们没有交换口水。但他错了。他该担心的不是我。

赛西尔

考虑到当时的情况，我犹豫了很久才决定陪威廉去赴晚餐之约。要在公开场合待在他身边，要任睽睽众目观察我们这对夫妻，或者说要让别人看我们这对夫妻还剩下什么，要让自己充当闹剧的帮凶，一想到这些我就害怕。但我找不到不去的托词。我们难得一起出门。这也经历了一个渐变的过程。我们收到的邀请越来越少，我们不再去电影院，不再去餐馆用晚餐。我不知道我们社交生活的终结是从哪天开始的。事实是，跟很多事情一样，我说不上来，什么时候开始有了间隔，开始冷场，开始昏昏欲睡，也说不上来什么时候就停止了。我好像突然从迟钝中醒来。像是被全身麻醉。还有这个问题不停纠缠着我：我怎么早没发现呢？

最后那段时间，我是说我们还一起出门社交的时候，威廉总是能挑出毛病来：这些话太多了，自以为是，那些人什么问题都不问。他倒不见得说得不对。说实话，我们很少回请。威廉不喜欢请人来我们家。我想他是担心，一旦允许他人来到家里，让他们看到我们生活的地方，我们的骗局就会被揭穿。或者更确切地说，我的骗局。他害怕有些细节或差池会躲过他的警戒，透露我的出身。因为不仅有法语的错误，也有品位的错误。是的，大概总是有一些他没发现的。他（倒）不是没有把他的想法强加于我，要求我把几样他觉得和我们的房子不相称的东西收到地窖里去。总之，威廉从来就不喜欢请人到家里来。从一开始就是这样。他一直就不乐意。

这次是半带工作性质的晚餐，我丈夫话语间让我明白了这事对他很重要。主人夏尔也在同一个集团工作，但是在另外一家公司。他的妻子安娜伊思是公司法专业律师。我们见过他们两三次，但不是朋友。他们几个月前搬了家，坚持要请我们去新家做客。我们八点左右出了门，留下马蒂斯和提奥在家里。我儿子后来毫不费力得到了许可：既然我们要出门，他完全可以请朋友来，比一个人待着强。

安娜伊思和夏尔还邀请了另外一对我们不认识的夫妇。

我们围坐在茶几旁喝开胃酒。寒暄过后，和以往一样，我就变成透明人。我已经习惯了。每次都是一样的情节，顶多相差几个细节。我一般会被问两三个问题，一旦我说出我不工作，他们的话头马上滑向别人，再也不会回到我这里。人们无法想象一个家庭主妇有生活，有兴趣爱好，有东西可说，无法想象她能说出跟我们身处的世界相关的明白话，能表达一个观点。事情就好像是，一个家庭主妇，从原则上讲，是个被软禁的人，她的大脑因为长期缺氧而运转缓慢。客人们同时也不无担忧，因为他们将不得不忍受桌上有个脱离了世界和文明的人，除了纯粹的实用性话题或家长里短，此人无法加入任何真正的对话。所以，我很快就被踢出局了。不会再有人跟我说话，连看都不会看我一眼。大部分时候，我就让自己沉浸在墙上挂的画里，或专心致志地盯着壁纸的花纹，我沿着透视线走着，然后消失。

老实说，出于种种原因，威廉愿意我当一个沉默的妻子。

但这个周六，晚餐过程中，我丈夫开始讲小故事。威廉总喜欢将众人的注意力引到自己身上。他喜欢这样的时刻，一桌子的人都安静下来，所有目光朝他聚拢，每个人都表现出饶有兴致的样子。有种集体拥戴的意思。我一边神游，一边远远听着他说。说的是某个在外省召开的会议和一顿没少喝酒的晚餐。他和另外几个同事在外面待到很晚，都喝得七荤八素的，这时有一名年轻女子从他们面前经过，她也是来参加会议的，但他们并不认识她。他们其中一个喊了她，纯属闹着玩。

我本来正习惯性地放任思想漂流，威廉说到这名女子时的那种口气把我从神游状态中拉了回来。

“……你相信吗，她吓得屁滚尿流！”我的全部注意力回归到他们的对话中，恰好他嚷嚷道。

所有人都笑了。包括在座的女人。我总是很惊讶，有些笑话女人听了竟也能笑得出来。

“是吗，”我打断他的话，“她吓得屁滚尿流？你觉得很意外？”

我没给他回应的时间。

“你想让我告诉你为什么吗？”

他看着其他人，脸上的表情分明在说：瞧瞧，这就是命运塞给我的妻子。

“因为你们四个醉汉，在一个鸟不生蛋的商业区，旁边是个几乎没人住的宜必思或康铂。是啊，威廉，这可能算是男人和女人之间最主要的差别之一了，甚至是最根本的，那就是：女人太有理由吓得屁滚尿流了。”

席间一片尴尬的沉默。我看出来他在犹豫，是让我明确表达我想说的（冒着让我在他的朋友面前出丑的风险，比如说，万一我激动起来，不小心用了某个他不能忍的措辞），还是大手一挥接着讲他的故事。他问我，带着不易察觉的高傲：

“你想说什么，亲爱的？”

（我是否需要补充说明威廉在社交网络上回应那些驳斥或反对他的言论的女性时就喜欢说亲爱的？比如，他这么写，“亲爱的，看看你周围，大部分男的都是娘炮”，或者“亲爱的，把你的菊花送去给犹太药剂师干吧，他们最在行”。）

我的话是对威廉说的，但也说给在座的另外两个男人听。

“要是你们大半夜碰见一群明显喝醉了酒的年轻姑娘，你们会吓得屁滚尿流吗？”

沉默愈发厚重，几乎肉眼可见。

“显然不会。因为从来没有任何一个女人用手摸过你们的裆部或屁股，哪怕她发酒疯，也不会在你们经过时说有性暗示的话。因为很少有女人会在街头、桥下或房间里扑到男人身上，强行插入或把不知道什么鬼东西戳进他肛门。这就是为什么。所以，要知道，没错，任何一个精神正常的女人在凌晨三点经过四个男人面前都会害怕。她不但害怕，她还会避免目光接触，避免任何可能暴露内心惊慌或可能被当作挑衅或邀约的态度。她目视前方，脚步尽量从容，直到她一个人进了电梯才敢喘口气。”

威廉看着我，惊讶不已。我看见他的嘴撇出了一丝苦涩，我想威尔摩敲键盘的时候应该也是这副表情。

“亲爱的，别瞎说，你从来没有一个人出去过，更别说夜里。”

“也许现在开始也不太晚。谢谢你们这么棒的晚餐，但我得说，你们的谈话让我觉得乏味。话说，要是我两小时后跟你一起回家，你在车里肯定会对我说：‘他们怎么那么无聊啊！’对不对，亲爱的？”

几分钟后，我在街上，自顾自地笑。

第一次，我违背了规则。我脱离了我丈夫。我承认，我把那个场面又演了好几遍。对对，我知道，我自言自语，而且在家以外的地方。我甚至放声大笑起来！不管怎样，自言自语的人多得去了。我走了一会儿才拦了辆出租车。坐进汽车后座的时候我还在笑。

一路上，我想象着要用什么词、动用哪些细节去向费尔森伯格医生描述那个场面。

真傻，但我多么开心，总算有点东西可以跟他讲。

十点半，我回到家。

他们没想到我这么早回来。

我看见他俩在沙发上，电视里正播着真人秀。他们脚边放着一瓶威士忌、两三罐可口可乐和几只一次性塑料杯。

他们没听到钥匙开门的声音。我走到他们身后，他们正快活得飘飘然，提奥都快打滚了，人也几乎出溜到地上去了，我大概明白是节目里某个人物的话让他们乐不可支了好一阵子。

后来马蒂斯终于发现了我，我看到他脸色大变，瞬间从酒后放浪形骸的笑变成了惊慌。他们不吱声了。马蒂斯开始收拾塑料杯，抹去犯罪现场的痕迹。提奥坐回到沙发上。他喝成那个样子也做不了什么。马蒂斯看起来不像他的朋友醉得那么厉害。我稍稍安心了一些：灾难排行榜上保持纪录的不是我们。

我问这酒是谁拿来的。

提奥说是他，没有犹豫。

他正面对着我，有点骄傲的样子，好像是为了保护马蒂斯，好像他决定由他一个人来承受我所有的怒火，马蒂斯还在忙着假装收拾东西。

我问他从哪里买的酒。哪来的钱。他们喝了多少。他的父母是否知道十二岁半的他在喝酒？我从来没用过这么严厉的口气对一个孩子说话。他什么也不说了。我想过扇他一个耳光，然后不由分说把他撵走。或者打车送他回家，但老实说我怕他在车里不好受。他几乎站不住。

马蒂斯企图解释，这瓶威士忌可以说是自个儿闯进了家里（反正大概是这么回事），然后，根本不为他们意志所左右，在很偶然的情况下，他们发现自己就来到了这瓶威士忌面前，但我吼了起来：

“给我睡觉去！”

用不着我再说一遍。

我儿子扶着他的朋友往过道里走，然后消失在我的视线之外。

我坐到他们刚才的位置上。一名年轻的女子正对着镜头说话，她身着泳装，波涛“胸”涌，一脸浓妆，妆容的颜色和光泽层次丰富到令人称奇。我犹豫着要不要听——也许她的话里有什么真知灼见被我漏掉了，但我听见她边咯咯笑边说“我们把屁股动起来”，于是关掉了电视。

我给自己倒了满满一塑料杯的威士忌，一饮而尽。我又想笑了。

提奥

晚上才过了一半，她就回来了，他并没有害怕。他只是想，太早了，都怪她，这次他又不能尽兴。

她问他那一堆问题的时候他也不害怕，那真跟警察审讯似的，她要知道细节。

他知道如何保持缄默。马蒂斯的母亲气急败坏，像对待小孩一样把他们赶上床睡觉，他才不在乎。

但第二天早上九点她来到房门口宣布要送他回家的时候，他怕了。她知道他这周末住父亲家，正好，她想跟他父亲谈谈。她有话要跟他说。她表示，父母之间互相通气很重要。这么严重的事，她不能不言不语，他应该明白。她说她很抱歉，但她看起来一点也不抱歉。她看起来像闲得无聊刚找到点事情操心。她说她去准备早餐，让他去洗澡、穿好衣服。

一碗热巧克力摆在他面前。他声称父亲周日上午要上班，不在家。她才不上他的当。

“把他的电话号码给我，我联系他。”

“他没手机，家里电话坏了。”

“好，那我们直接去。”

他不饿。他身体里的一切都纠结到了一块。地球与生命科学课上画过的所有器官全都搅在一起，变成一个结结实实的球，很疼。

他敢肯定，她不会改变主意的。

她坚持要他把热巧克力喝完，外面很冷，她不想让他空着肚子出门。她尽可能好声好气地对他说话，声音听起来像假的一样。

他知道马蒂斯的母亲不喜欢他。

他也不喜欢她。她用的词很奇怪，应该是从旧书上照搬的。从她嘴里说出来的法语好像是她背诵的或从别的人那里借来的外语。

他逼着自己把热牛奶咽下去。马蒂斯坐在对面，看着他，不知所措。他想阻止母亲陪提奥回家，但找不到什么主意。

她示意要出发了，然后去壁橱里取提奥的夹克。（马蒂斯家的一切都井井有条。每样东西都在它该在的地方。）她把衣服递给提奥的时候，惊讶地发现他竟然穿得那么少。

她不想让马蒂斯跟着去。他知道提奥的父亲住在意大利广场一带，她查了下地铁图确认行程。出了地铁，她打算让提奥带路。

他们乘电梯下楼。电梯间里，为了避免看到镜子里的自己和这个女人的眼神，他又系了一遍鞋带。

现在她就在他身边走着，步伐急促而威严。

提奥感到他的心都跳到肚子里去了。酒精带来的温暖和平静，肚子总是第一个享受。

她不该跨过他家的门槛。她不该进他父亲家，更不该和他说话。

要是她进了他的家门，一切就完蛋了。

不管用什么办法，他必须拦住她。阻止她靠近。

他们往地铁站走去。他调整自己的步伐，和她保持一致。她感到他跟上节奏了。于是有那么几秒钟，她放松了警惕，提奥抓住这个转瞬即逝的机会跑掉了。

他沿着格勒奈尔大街没命地跑，没有回头，到了六号线最近的一站，他没有停，怕她追上来，加速跑到下一站。

到了赛弗尔-勒库尔贝站，他三步并作两步爬楼梯去坐高架地铁。他笑了。他在车门即将关闭的最后一刻跳上了车。

他漂亮地把她甩掉了。

可怜的女人在原地，呆若木鸡。连反应的时间都没有。

艾莲

另一天，我通知学生放假回来开始上生理卫生课，萝丝打断了我的话。

“老师您呢，您有孩子吗？”

我回答没有，接着讲课。按照以往，在学生面前，我总会说句俏皮话对付过去。但这次没有。

拳脚我挨过，秘密我会死死捂住。我三十八岁，没有孩子。我没有照片可以展示，没有名字和年纪可以宣布，没有趣事和好话可说。

我背着所有人，在自己身上窝藏着那个不可能有的孩子。我被毁掉的肚子里充斥着皮肤半透明的面庞、白色的小牙和丝般的发缕。每次被人问起那个问题——也就是说每次我新认识一个人（尤其是女人），每次被问完做什么工作之后（或者之前），总会被问有没有孩子，每次我都得心甘情愿地用白粉笔在地上画一道线，将世界一分为二（有孩子那些人的世界，没孩子那些人的世界），我想说：不，我没有孩子，但是瞧瞧我肚子里，所有那些我没能有的孩子，瞧他们正跟着我的脚步起舞，他们别无所求，只求被轻轻摇晃，瞧我留存下来的爱已经浇筑成砖块，瞧我没用掉的能量还有待散发，瞧我天真又原始的好奇心对什么都有兴趣，瞧，我自己就还是个孩子，因为我没当成母亲，或者说，亏得我没当成母亲。

很久以前，有个男人因为我不能怀孩子而离开了我。如今，他天天在办公室加班，能多晚回家就多晚回，因为不想见到他的孩子。

每次我半夜醒来，这个问题总是来纠缠。为什么我什么都没说？为什么让财富大转盘继续转下去，没告诉任何人，也不喊救命，为什么任由父亲没完没了地给我出考题设陷阱、一脚又一脚踢在我身上，为什么我没有喊，为什么我没有揭发他？来啊，艾莲，集中精神，现在来道历史知识题，或心理题，你怎么不说话了？真可惜啊艾莲，奖金本来可以翻倍的。

但是，其实我知道为什么。

我知道孩子会保护他们的父母，我知道什么样的沉默契约有时会让孩子走上绝路。

今天我知道了别人不知道的事。我不该睁一只眼闭一只眼。

有时候我在想，长大成人唯一的用处，就是修复最开始的损失和遗憾。兑现儿时的我们许下的诺言。

我没有听弗雷德里克的建议。我继续去学校观察提奥。我站在玻璃窗后，学生一下操场，我就寻找他的身影。孩子们的身体仿佛带着磁性，奇怪的组合把他们粘在一起，要是能在这群人中把他认出来，我可以整个课间休息时间都盯着他的一举一动和进退躲闪，寻找一个答案。

我随便找了个借口，去教务处查看开学时学生填的个人信息表。我在里面找到了提奥母亲的地址。

我去了好几次。我不知道我在找什么。也许，希望有个偶然，让我在学校之外碰见提奥，他会愿意跟我讲讲。我越来越靠近那栋楼，活动半径越缩越小，有天晚上我甚至在对面的马路牙子上停留了好几分钟，看着窗户一扇扇点亮。

还有一天，我路过那个门牌号的时候，正好有人输密码进去。我跟在他身后也进去了。我毫无心理准备，就这样到了里面。信箱前面的信息牌上写着姓氏和楼层。我想都没想，从楼梯上到四楼。我走近前去，心猛跳到难以呼吸。屋里很安静，我听不到任何声响。突然，门开了，我迎面撞上了提奥的母亲。（或者说她迎面撞上了我可能更准确。）我想我们的目光交汇了千分之一秒，然后我就冲下楼了。我本来应该编个借口或理由说明我为什么在那里，我本来可以假装有朋友住在同一栋楼，可不是嘛，真巧，再假装记错了房间号，但太晚了：我已经在街上，跑得上气不接下气。

提奥

星期天，他回到家里，发现父亲在房间里躺着，窗帘紧闭。他放慢脚步走过去，给眼睛留出适应黑暗的时间。走到床边，他看到父亲并没有在睡觉。他好像在等待什么，两条胳膊一动不动地搭在床单上，肩靠着枕头，眼睛盯着墙上某一点，一个只有他自己能看见的点。他看了提奥好几秒，好像自己的儿子也得认半天，然后又花了好几秒才能做出一个恰当的反应。瞬间，他脸上绽放出短暂的欢乐的闪光，想当年他去小学接提奥放学，欢乐总是写在脸上。然后他就把手藏到床单底下去了。他问提奥玩得开心吗，问了好几遍，这不是一个礼节性的客套话，这是一个正儿八经的问题，答案对他很重要。

提奥回答说都很好。有那么片刻的沉默，他禁不住想马蒂斯的母亲也许跟踪他呢，又或者她很快会弄到他们的地址，冷不防就找上门来。

头一个小时里，他竖起耳朵留意电梯的动静，楼梯间一有人说话，他全身立刻僵住。

后来，他花了一下午收拾打扫，怕万一有人来。某种直觉一样的东西告诉他，把父亲的房子规整好，这是最重要的事。

事情并不那么复杂。得把苦差变成游戏，这招是父亲教给他的，那时候父亲还会笑，身体能保持垂直状态四分钟以上。要把最无聊的差事变成线索追踪或寻宝游戏，只需立下目标，给自己一个挑战，或编个故事。

这次，提奥想象自己参加一个著名的真人秀节目。十几台摄像机分布在各个房间里跟拍他，为“大扫除”这项比赛做现场直播。他把水盆接满水的工夫，有一百多万人盯着他的一举一动。因为他是比赛有史以来年纪最小的参赛者，毫无疑问，他最受观众喜爱。这天的比赛项目又臭又长，却是他得胜的法宝。和其他参赛选手一样，“大扫除”结束之后他将接受评分，评速度和效率。在这两项上，他都是最棒的。

他想象接下来有个画外音会点评他的表现，强调他有多灵活，动作多么准确。今晚的真心话环节，他就可以在镜头面前讲述比赛过程中他的感受，说他有过动摇的时刻，但获胜的意志一直没有离开。运气好一点的话，他很快就会登上所有电视杂志的封面了。

父亲自星期天就没起过床。三天了，他一直在床上昏睡，房门半掩着，窗帘就没拉开过。只有上厕所的时候他才起来，拖着脚步。提奥听见他的拖鞋擦过木地板，然后是抽水马桶冲水的声音。他没洗澡，也几乎什么都没吃。提奥给他倒了瓶水，还准备了小三明治，但他几乎没动过。

提奥可以告诉奶奶的，但他没有她的电话号码。反正她是不会再来的。上次，已经是好几个月前，她和父亲吵了一架。临走前，她看了提奥一眼，假装吃惊地说了一句：

“你跟你母亲真是一模一样。”

厨房的台子上有一只塑料袋，看颜色是附近药房的，里面装着父亲每天服用的药。夜里，提奥把药盒从袋子里拿出来读说明书。

地球与生命科学课上，德斯特雷老师讲过对大脑有影响的分子。她解释了兴奋剂对运动员如何产生效应，为什么会被禁止。接着她还讲到能改变情绪的药，这些药能让人不那么难过，不那么焦虑，有时候还能让乱说乱来的人恢复理智。但这些药很危险，只有精神病专家或医生能开处方。

然而，提奥的父亲足不出户，却有一堆药，一盒又一盒。好像屯了好几个月的药。

也许提奥可以去找德斯特雷老师，跟她谈谈他父亲。

她用粉笔在黑板上画示意图的时候，或者讲解器官里面发生了什么的时候，他甚至感觉她是说给他听的。他觉得也许她知道。说不定她会保守秘密。

赛西尔

现在我怕了。我怕我们会出事。我不由自主地想象着可怕的东西。我拼凑出灾难的剧情，接二连三的不幸，悲剧性的巧合。每天晚上躺下睡觉的时候，我总觉得也许再也醒不过来。有一大块东西压在我胸口，左边的地方，让我呼吸困难。或者，我会感到痛感弥散在腹部下方，会突然心生恐惧，担心我破损的身体组织里藏匿着最具侵蚀性的癌细胞，很快就会被发现。

我的孩子们还太小，不能没有母亲。这是我闭上眼睛的时候心里所想的。

费尔森伯格医生管这个叫病态想法。

在他看来，这些想法揭示了某种年代久远的负罪感。

太难受了。那是一道螺线，在把我往里吸，让我往里陷，我无法反抗。病态的想法随时可能出现，或是画面或是词语，当我试图描述的时候，它们马上又失去了质感和炽烈的热度，似乎不那么确切了，继而显出了原型：只是一堆焦虑，不切实际的、遥远的威胁。但是在那一刻，它们让我无法呼吸。

气温骤降，连续好几夜上冻。天亮之前，铺沙车在城市里穿梭，撒下沙子以防路面结冰。我一开始觉得寒冷可以洁净一切，去除病毒、细菌、寄生虫，消灭一切包围我们的、肉眼不可见的脏东西，然后寒冷自己变成了阴险狡诈的祸害，变成了我卑劣的胡言乱语里十足的威胁。

马蒂斯的事，我一个字也没跟威廉说。大概因为我笃信自己是罪魁祸首。也许，问题通常都是从我这里来的。我是伪装在某个向来运转良好的资产阶级机制中的残次零件。我是卡住机器的那粒沙子，是不合时宜地掉进汽油桶里的那滴水，是披着家庭主妇外衣的那只黑羊。我的欺骗是灾难的源头。我曾经梦想着全家住在谁见谁羡慕的豪华公寓里。我曾经梦想着我的孩子会有浅色的眼睛，会在甜蜜温柔乡长大。我曾经梦想着相夫教子的平静生活。我不奢求更多，我也信守自己的承诺。我以为这样就足够。低调做人，吸干净灰尘，准备点心。别误会，我想要的，我都得到了。然而，我走错路了。是的，也许我曾经是一只被黑潮沾污的海鸥，但如今我出奇地像祖母给我讲的故事里的那只乌鸦，一身黑色羽毛的粗野飞禽，却梦想着当一只白色的鸟儿。接下来的寓言是这样的：乌鸦先是在滑石粉里打滚，然后又跳进面粉堆里，但这些手段的效果都不持久，很快就消失了。于是它一头钻入了一桶白色的颜料里，结果被困住了。我就是这只一心想变白、弄得众叛亲离的黑色鸟儿。我曾经自以为比别人聪明。我曾经以为能够模仿斑鸠的歌唱。但现在，我的翅膀已失去用途，在我所在的地方，挣扎只是徒劳。

我没法再跟威廉说话。我做不到。

我越是花时间读他在网上写的东西——那些永远抹不去的痕迹，顽固的印记，总有一天会让怪物畸形的面貌昭然天下——就越没法跟他说话。我丈夫变成了一个陌生人。

我真想忘掉我读到的东西。无视已将我们包围、很快会侵入客厅的泥塘。永远不再打开电脑。但我做不到。

然而，每过一天，我就制造一个新的谎言，比威廉和我这种从没被揭穿过的二流骗子撒过的所有谎加起来还要大的谎言。我闭上嘴，继续和灰尘作斗争，继续小心翼翼地转动洗衣机旋钮，继续接通搅拌机和电熨斗的电源，换床单，把窗玻璃擦到大太阳底下也见不到任何痕迹。

谁是真正的威廉？是在匿名掩护下散播毒文的那个，还是身着煤灰色收腰西服公开露面的那个？是在污泥里打滚的那个，还是穿着由他妻子仔细熨过的纯白衬衣的那个？

我应该告诉我丈夫，说我都知道。

也许这两部分的他会合二为一？也许我能在这两个存

在之间建立联系？也许我能明白一些被我遗漏的事？

有时候，我会想起垃圾筐里那团揉皱的纸。我心想，威廉会不会连他自己都意识不到，其实他希望他的双重面目被发现、被混淆、被喝倒彩，最终被铐上镣铐送进监狱？

我得给马蒂斯想个办法。我不能再让他和提奥耍。对，我说的是耍，我母亲以前是这么说的，就是这样。我不想让他再和提奥一起进学校，不想让他俩当同桌。我肯定，除了拉着他喝酒，这个男孩对我们儿子的影响是有害的，不健康的。

在学校网站上，我提交了约见他们班主任德斯特雷老师的申请。

我会告诉她。我会跟她解释。

等到期末，如果必要的话，我们会给马蒂斯换一所学校。

提奥

别跟你母亲说希尔薇走了，别跟你母亲说爸爸没工作了，别跟你母亲说弗朗索瓦兹奶奶生气了，别跟你母亲说洗碗池漏水了，别跟你母亲说我把车卖了，别跟你母亲说卫衣找不到了，跟你母亲说我们还不知道要干什么，跟你母亲说我等着一笔欠款然后就可以付食堂的钱了，别跟你母亲说我们没出门，跟你母亲说我们没能约上，别跟她说……

当他闭上眼睛，有时候，他会看见他们以前的脸，那张他俩的合影上，他们微笑着。母亲留着长发，扭头看着父亲，他穿着一件短袖网球衫，直视镜头，一手揽着她的腰。以前，这张照片能给他安慰。现在，他知道，照片跟其他东西一样，都是骗人的幌子。

马蒂斯

他真希望时光倒流，回到他小时候，回到他成天拼塑料块的时候，那会儿他没别的事情做，除了盖楼房、汽车、飞机，反正是各种由神奇的力量拼接在一起的物件。那时候似乎并不是很遥远——伸手可及却已经是过去，他还记得那时候他和索尼娅一起在客厅的地毯上玩“猜猜他是谁”或“打地鼠”的游戏。

那时候一切似乎都更简单。也许，因为与家和学校一墙之隔的世界仅仅是理论上的存在：留给大人的广阔疆域，跟他无关。

食堂楼梯下的空间被堵死了，他们没了藏身之处。马蒂斯稍稍松了一口气，他说不上来为什么，但很快，提奥就有了念头，要另找地方，找一个谁也看不见的地方。雨果跟他们说起荣军院广场附近的一座花园，在非对外开放的时段，他们可以很轻易地溜进去。

这天早上，他们在学校门口等着第一次钟声敲响，雨果朝他们走来，一副阴谋家的样子。马蒂斯要是再壮点，力气再大点，不用等雨果开口，他就叫他滚蛋了，但他早知道自己的块头不具备允许情绪起伏外露的条件。显然，雨果依然没有带来提奥订的酒。不过，他有个好消息：下周六，他哥哥巴蒂斯特要搞聚会。他们几个人要聚在一起，在外头，有喝的。他兴奋地重复了好几遍："有的是喝的！"

碰头的地点和时间定在智利圣地亚哥广场，晚上八点。巴蒂斯特会给他们演示如何越过栅栏而不被发现。到了里面还得保持警惕，有时候得躲起来，因为看守晚上可能会巡视。要是他们怕冷，没关系，金酒会让他们暖和的。

从这个上午开始，马蒂斯就一直在想这事。

他一点儿也不想去。反正他是去不了的。有了上次的事，就是他父母去朋友家吃晚餐的那天晚上，他母亲不会再轻易放他出门。

如果只取决于他，他会拒绝。巴蒂斯特和他的朋友们扣下提奥的钱，多买了一瓶酒，现在他们把自己当大爷了。他不喜欢这样。他们言而无信。

他巴不得提奥也不去。但他的朋友已经答应了，计划也想好了：他会谎称睡马蒂斯家。他父亲是绝不会打电话确认的。其他都无关紧要。他将可以自由支配自己的时间，想去哪儿就去哪儿：一整晚的自由。马蒂斯有些担心，问他到底打算睡哪儿，提奥回答到时候再看。

马蒂斯希望和这事保持距离，待在家里，什么也不要知道。但他不能留提奥一个人和他们在一起。

他得想办法一起去。必须撒谎。找到一个绕不过去的理由，让她母亲放他出去，尽管发生了那样的事，她就是这么说的，还压低了声音。

她什么都没跟他父亲说。

他得好好想想。

撒谎，实际上，并不难，只要有恰当的理由。比如，那天，他们出门不到十分钟她就回来了，气急败坏的，因为提奥在高架地铁下甩开她跑掉了，马蒂斯信誓旦旦地说他不知道他朋友的地址，父亲家和母亲家的都不知道，也不认识路。

接下来那一周里，他和母亲一起下地窖找一只纸箱，里面可能存放着一些属于她的旧物。到了地窖里，她跟他说了，她说希望他不要再见提奥，课堂上不要跟他同桌。她等着他疏远提奥，和班上其他男生搞好关系。提奥绝不能再踏进他们家门半步，马蒂斯也不准去他家。

她口气坚定，不由分说，他从没听过她这样说话。没得商量，这是命令，她希望他服从。

这阵子，他母亲有些奇怪。她自言自语还浑然不觉。

她不再挂着一脸忧郁，以前他一见到她这副表情就不自在，有时候他还撞见过她哀怨的眼神，这眼神也不再出现了，不，她看起来很忙，忙得不可开交。还有一天，在街上，他远远地看见她喃喃自语，像个疯子。

艾莲

周四傍晚，我的课结束后，提奥留在教室里，等其他人离开。那是当天最后一节课，我刚上完关于大脑活动和神经系统运行的章节，一般我会用两三节课讲完。我看见他拖拖拉拉地收拾东西。马蒂斯已经走了，他周四应该有乐理课或钢琴课，他从不耽搁。

等到教室里只剩我们两个人，提奥向我走过来，他直直站着，夹克衫拉链拉着，下巴仰着，包背在肩上。我想：他有话要对我说。我屏住呼吸。千万不能勉强他，也不能操之过急。我对他微微一笑，装作收拾散落在讲台上的纸。过了一小会儿，他问我：

"人要是吃了不好的药，会死吗？"

我的脉搏加快，我不能有半点闪失。

"你的意思是说：要是你吃了不是给你开的药？"

"不，不是。"

"那是什么？"

"呃……如果有个人吃了没用的药。您说过，有些药对大脑有作用。有些对人的情绪有作用。可是我，我觉得有时候没用。人们还是躺在床上。他们什么也吃不下，也不起床，就这么整天躺着。”

他语速很快。我得赶紧破译，提出中肯的问题。

“对，没错，提奥，会有这样的情况。你想到谁了吗？”

他抬眼看着我。压力之下，我看见他的瞳孔在扩大。

就在这时候，校长突然出现在教室里，没有敲门。我扭头看着他，惊呆了，我还没来得及张嘴，他已经命令提奥回家，口气里的意思很明显，他不应该待在这里。提奥愤愤地看了我最后一眼，是控诉的眼神，好像我是那个悄悄按下柜台底下那个报警按钮的银行职员。

他头也不回地走了。

我跟讷穆尔先生到了他办公室。

他向我陈述了情况，语气平静，有点故作威严。

提奥·吕班的母亲打电话投诉了。我不仅无缘无故召见她，而且，现在，她说我出没在她家附近，到了她住的楼里。当然，她说到了我们几星期前的谈话，她认为那次谈话是毫无理由的，意在让她产生负罪感。校长要求她回忆我具体说了什么话，她记得清清楚楚，从这份详尽的报告里就能看出来。校长把报告放在我眼前。

我不但触犯了学校的规定，我的行为超出了规定的范围，而且在针对这名学生召开的教师会议上对这次会面只字未提。需要他提醒我吗？那次会议是在我第一次行为失控之后召开的。为什么我没有说？这是个错误。严重的错误。我的行为阻碍了公共教育部门的正常运行，损害了公共教育部门的形象。

提奥的母亲要求给他儿子换班。校长向她保证会找我谈话，听我解释，然后会通知她。

他等着我的反应。等我据理力争。等我自我辩白。我能在那个楼梯间里干什么呢？我没什么可为自己辩护的，于是我选择不说话。幸好，他不打算对我进行惩戒。他教了二十多年书。他知道我们承受多大的压力，有多紧张，责任多重大。我们应该团结一致，并肩作战。出于对我多年来在校工作的尊重，他不会处分我，也不予以警告。不过，他要求我与此事保持距离，找医生开病假。最少一个月。等各方都冷静下来。这是前提条件，没得商量。

我清空了柜子，离开了学校，心里带着不安的笃定：我不会再回来。

“财富大转盘”的音乐在我脑子里打转，我买一个A，我选一个N，我买一个C，我离目标那么近，我得好好思考，弄明白，找到正确答案，哦不，瞧啊艾莲，没那么简单，您当自己是谁啊？您不至于以为自己能让转盘换方向转吧？

一整天，同事们相继在我的语音信箱里留言，我没去听。

弗雷德里克给我打过好几次电话，我也没给他回电话。

透过我的窗户，我看着路上的行人，他们裹在大衣里，双手插兜或戴着手套，缩着脖子，脚步匆匆，对抗着穿透他们单薄围墙的潮湿。人群里，有个女人在想洋葱馅饼要烤多长时间，另一个刚下定决心离开她的丈夫，还有一个默默算着剩下几张餐券，一个年轻姑娘后悔穿了太薄的丝袜，另一个刚刚得知她被录用了，是她面试过好几轮的那个职位，还有一个老男人，他忘了自己为什么在那里。

赛西尔

自言自语的好处，是可以自己给自己讲笑话。我知道很多精彩笑话，小时候我哥哥给我讲的。我们乐得直打滚。

还有一天，我模仿英语口音跟自己说着玩，真好笑，必须说我模仿得相当好。想不到这样竟能让情况缓和下来。有点像简·柏金突然想到要给我加油鼓劲。不过，是我，也只有我跟我自己说话，当然，对对，在客厅里大声地说。而且，我几乎把大大小小的话题事件都回顾了一遍。

我把这些说给费尔森伯格医生听。他想知道，我靠着英语口音，变成了谁或者什么的陌生人。

我父亲去世很久了，蒂埃里最终也离开了家。从那以后，我母亲就独自住在G单元一层的一套小房子里，我们的童年也是在那个小区度过的。政府给她安排了一套一居室，替代原先我们住的三居室，这样她能付得起房租，“正确地”生活。她不是那种爱抱怨的人。

有天我给她打了电话，我没多想，拿起电话就拨了她的号码。她很吃惊，我平时不怎么打电话。我说我想听她说话，听听她的消息，沉默片刻之后，她问我是否一切都好。我说是的，又是沉默。我母亲从来不会问直接或准确的问题，我生活的世界离她的世界太遥远。我知道索尼娅时不时会去看她。我母亲给她准备了茶和饼干，摆成一圈放在小碟子里。之后她会把饼干收起来装到盒子里让我女儿带走。我说我最近找一天带马蒂斯过去。又一阵沉默之后，我母亲说好的，我等你们，好像立下承诺的那一刻和兑现承诺的那一刻之间，生活再没有什么值得期待。

德斯特雷女士没有回应我的约见申请。我觉得太过分了。按理说她是初二（2）班的班主任，可是一旦要她在每年那两次没完没了的集体家长会之外见学生家长，她倒是不理不睬了。我登录了好几次学校的网站，重新发送我的信息，最后一个电话打过去。学校的人告诉我她生病了，没明确说何时返校。我希望等她一回学校就和她见面。

表面上，一切照旧。威廉再没提起过他朋友家的那次晚餐。在他眼里，这估计是小事一桩。情绪波动而已。他应该打了个马虎眼，再给自己倒杯酒，这事就过去了。我不敢肯定他注意到我的身体在和他的身体保持距离。我们好几个星期没有做爱了，但这也不是头一回。他想必在心里说我正在经历女人一生中标志性的黯淡时期。不就荷尔蒙那点事，要是用威尔摩的话说，既然他就是戴着这样的有色眼镜看待女人这种动物的。

说实话，我已经停止寻找。我连电脑也不开了，自从我发现我丈夫在推特上也开了个账号。这样一来，他就能对一切发表评论，什么乱七八糟的东西都不放过，语言更为尖刻，话风同样阴险，从来不用为他的言论负任何责任。这世界真是怪，任由人隐姓埋名地在这里或那里倾倒一些自相矛盾或过激的言论，永远不用露出庐山真面目。

那天晚上，晚餐过后，威廉来到沙发前，在我身边坐下。他伸出胳膊揽住我的肩，我感到身体一下子变得僵硬，透过羊毛，他的手掌灼烧着我的皮肤。他告诉我他还有工作要做，他很抱歉，是一份复杂的报告，第二天得交给部门领导。

我看了他几秒，一开始没说话，然后我问他：你确定没什么话要跟我说吗？

他笑了，鼻子里哼出来的声音，有时候他会用这种笑来掩饰他的尴尬，他听得出来这个问题不是随口说说的，这个问题已经超出了柴米油盐的范畴，我们之间的交流只剩下柴米油盐了。威廉不傻。他盯着我看，一副要审问我的表情，他在等待下文。我又问了一遍。

“你确定你没什么话要跟我说吗……关于你，你做的事？”

我不能再往前进了。我没有力气。但我肯定，在这一刻，他知道我在说什么。

他犹豫了。

十分之一秒。

我看出来了。威尔摩我不了解，但威廉我是很了解的：他的眼皮会有细微到难以察觉的抖动，他会用他的方式合拢双手，加上一声干咳，表示对话到此结束。

然后他摸了我的脸，飞快地，那是他以前会有的动作，很久以前；在有孩子、电脑、手机以前，在蜘蛛爬上网以前。

他站起来。说话时他已经转身背对着我。

“你胡思乱想了。”

威廉把自己关进了书房。我看着电视里播放的关于比萨制造工业的纪录片，人们添加香精和调味料掩盖食材的劣质，调查的最后，骗局被揭穿。调查过程处处碰壁，没人愿意做证，配上悬疑片的背景音乐，真算得上恐怖片了。老实说，我根本不在乎，但我还是看到最后。上周日我看的是一部关于椰子的纪录片。什么时候起，电视台开始在黄金时段放奶猫生活或牛肉饼的纪录片了？

我自说自话，说了好几分钟，我渴望辩论。我的声音不再只是为了让自己安心，现在，它能表达观点了。

我在门外跟威廉说我去睡觉了。我收拾了厨房里乱放的一两样东西，把客厅的窗帘拉上。

接着，我开始了睡前必做的一系列动作（卸妆水，花水，晚霜，手霜），像某种仪式，我想，所有到了一定年纪的女人都有自己的一套吧。

我躺了下来。关上灯，这个句子在我脑海浮现，异常清晰，好像我在高声宣读：我要下去。

马蒂斯

这天晚上，他一直等着，等到父亲进了书房，母亲独自在客厅。他做了充分的准备。

开口前，他最后深吸了一口气。

“你知道吧，我们周六要去爱乐音乐厅，和沙乐老师。”

她很惊讶，如他所料。

“哦？什么时候决定的？你们不是已经去过了吗？”

“没有，那次是去歌剧院。你不记得了吗？那天你签的那张纸上面写了，你还给钱了。”

“那张纸在哪儿？”

“交给沙乐老师了，他得留着家长的同意书。”

她停顿了一会儿（两天来，她把时间都用来收拾家里的东西，好像他们随时会被赶出家门）。马蒂斯感到肚子里有几十只虫子在攒动，他祈祷可别让她听见。

母亲看起来有些困惑。但他把所有问题都想到了。

“大周六的晚上？”

“对啊，因为一群退休的人退票了，学校才拿到票。沙乐老师说机会难得，虽然位置离舞台还是挺远的。”

“全班一起？”

“不是，只是选修了音乐的人。”

“你们去听什么？”

“巴黎管弦乐团。亨利·珀赛尔和居斯塔夫·马勒。”

他准备得很周全：怎么去，怎么回，领队的老师是谁。他母亲是那种会相信学校在周六晚组织学生去爱乐音乐厅的人。

说谎很容易。他甚至乐于添加细节。他拿出乖乖仔的声音。

“德斯特雷老师本来要带我们去的，但实际上是另一位老师，因为德斯特雷老师病了。”

说来也怪，这个细节似乎坐实了他的话，让母亲吃了颗定心丸。

她说音乐会结束她会去那边接他，省得他一个人回家。他求她别来，多丢人呐，又不是三岁小孩，其他人会笑话的，沙乐老师说他会陪住在学校周边的学生回家，这样就不用打扰晚上已经有安排的家长。

她总算答应了，他感觉她已经别有所思，或者她没精力再问下去了。好几天来，她表现得像一个有着很不安稳、很累人的秘密生活的人。

再晚一些，他快关灯睡觉的时候，她到他房间里来了。

直截了当、出其不意地，她问他。

“蒂斯，告诉我，这些事不是你瞎编的吧？”

他一秒都没犹豫。

“不是的，妈妈，我发誓。”

提奥

寒冷给城市蒙上了一层纱。白色的粉末，纤细到难以想象，覆盖了广场的草坪。长椅都空了，寒风刮走了路人。

晚上八点整，他们碰头了。

巴蒂斯特让他们先待在街角，离广场几米的地方，单行道的指示牌前。

他们等着他给暗号。

一个紧接一个，同样敏捷轻巧的动作，他们越过了栅栏，钻进了灌木丛里。第一次中途暂停，确认没被看见。

几分钟后，他们继续往花园深处前进，跟在巴蒂斯特身后，鱼贯而行。

树的后面有一片小空地。地上原来有个沙坑，如今被土盖住了，但轮廓依然可辨。巴蒂斯特让他们围成一圈坐在那里，互相保持距离，以便玩游戏。

巴蒂斯特和朋友们带了几瓶绿洲牌果汁，用来兑金酒。一半一半。他提议先喝一轮热热身，给每个人发了一只塑料杯。

这酒又甜又烈。提奥一口气干了，眼泪涌上来了，但他没咳嗽。

他等着热浪在肩头扩散，顺着脊椎蔓延。

昆丁哈哈大笑，提奥在这个年纪竟然能一口闷，出乎他的意料。

巴蒂斯特给了他们一些建议：天冷，不能长时间坐着。必须时不时站起来，原地跳一跳，拍拍手，暖暖身子。

提奥没说话。他等候着体内迟迟不出现的发热感，观察着其他人。马蒂斯面色苍白，看起来好像很害怕。也许因为他对母亲撒了谎。雨果坐在他哥哥旁边，神情专注，等他下达指令。大孩子们对接下来的节目争论不休的时候，提奥给自己又倒了一杯酒，和第一杯喝得一样快。谁也没说什么。

巴蒂斯特开始解释游戏规则。对每个人，他抽牌前会先问问题。比如：红还是黑？黑桃、梅花、红桃还是方块？答对了，巴蒂斯特喝。答错了，对方喝。然后他问下一个人，重新来过。就这样轮流下去，按顺时针方向。

他们表示同意。都准备好了。他们习惯了听他指挥。

全场肃静，大伙精神集中。

但提奥说话了：他很想问问题。

他没有质疑巴蒂斯特的地位和公道，他没说“我要”，他说“我很想”。他是在分居协议、财产分割、满腹怨恨、还不起的债和抚养费的扯皮中长大的孩子：他深谙外交规则。

众人齐刷刷望向巴蒂斯特，他露出颇具玩味的微笑。

昆丁冷笑一声。

巴蒂斯特打量了他几秒钟，他在评估这个违抗命令的人。没有造反的势头。小男孩心血来潮。

“你？你想问问题？你想过没有，按照我的规则，你要是主持游戏，可能会比别人多喝五倍哦？”

“是的，我知道，我算过了。”

“晓得了，你数学很行……你觉得你能扛得住吗？”

再次交换眼神，嘲笑就挂在嘴边，但挑战已经冒头。巴蒂斯特犹豫着要不要把他的儿戏当真。提奥把这一切看在眼里，他们怎么想的，那都不重要。

巴蒂斯特看了他的小伙伴们最后一眼，然后说：行。

他把瓶子推到提奥那边。各种颜色都有，橙的，绿的，黄的，看是混了哪种饮料。提奥把瓶子都摆在自己跟前。糖流到外头来了，塑料瓶黏糊糊的。

巴蒂斯特继续解释：提奥必须换着法子提问：人头还是数字？大还是小（跟前面抽的那张牌比）？里还是外（看前两张牌的区间）？根据问题的类型确定得喝多少口酒，四口封顶。

昆丁和克莱蒙用胳膊肘互相顶了顶，巴蒂斯特最后一次洗牌。

提奥把那沓牌拿过来，问第一个问题。

他输了。喝。

他再问一个问题。又输了。喝。

那个尖锐的声音开始远去。

他遵守游戏规则，温柔的热浪在脊柱蔓延，他的四肢开始发软，像是被轻盈美妙的棉絮托着，载着。

他知道什么时候该他喝，什么时候该递瓶子。

每次挑战都有笑声响起。但他感到体内有样东西——某种波动或冲动——正在消失。他不害怕。他感到肌肉在一块块放松，双腿、胳膊、双脚、指头，甚至连心脏似乎也慢了下来，更慢。一切通畅。松弛。

他看见风中有一张巨大的白色台布在飘舞，哗哗地响。阳光回来了。他想他认出来了，那是祖母的晾衣绳，在那座石头老房子后面。

他又听见了笑声，但不是他们在笑，而是音调更高的笑声，如水晶般，尖锐又欢快。

马蒂斯

提奥摆出两张牌，牌面朝上，一张梅花十和一张方块皇后，然后扭头看着昆丁，问：里还是外?

小小的雪片开始在他们身边飞舞，但似乎没有一片能到达地面。昆丁闭上眼睛，答道：

“里。”

提奥翻开手里的牌。黑桃骑士。

他拿过瓶子，按规定喝了四口。然后就这样，一下子，朝后倒下了。身体撞到地面，发出一声闷响。

他们互相对视，昆丁和克莱蒙笑了起来，但巴蒂斯特说：闭嘴。

他们把他的腿放平，他的上半身躺在落叶里，下半身在水泥地面上。巴蒂斯特轻轻扇着他的脸，嘴里不停念叨“哎，哎，别闹了”，但提奥没有反应。马蒂斯从来没见过这样的身体，如此不听使唤。

周遭的寂静显得不真实：偌大的城市好像服从了巴蒂斯特的命令，停止了往来熙攘。

马蒂斯敢肯定别人能听见他的心跳，像节拍器一样，沙乐老师就有一个，计量着一秒接一秒的惊骇。泥土和腐烂树叶的气味扼住了他的咽喉。

他们再次对视，雨果很害怕，不由自主地哼哼了一声。

巴蒂斯特下了命令：我们走。

他一把揪住他弟弟的衣领，把他拽到自己面前，脸对着脸，突然抓住他的肩。他直勾勾地盯着他的眼睛，对他说：

“我们没有来过这儿，记住了吗？”

他扭头看着马蒂斯，又说了一遍，语气很生硬：

“我们不在这儿，明白了吧？”

马蒂斯点头表示明白。寒冷穿透了他身上的衣服。

不到一分钟，他们收拾好一切——扑克牌，香烟，酒瓶，消失得无影无踪。

马蒂斯留了下来，在他的朋友身边。提奥看起来像在沉睡。马蒂斯凑到他面前，似乎还能感受到他的呼吸。

他摇晃了他好几次，可是提奥没反应。

马蒂斯哭了起来。

如果打电话给母亲，那他就不得不说他没去爱乐音乐厅。他撒了谎，辜负了她的信任。她会疯掉的。更严重的是，她会告知提奥的父母。要是有人去提奥父亲家，提奥恐怕这辈子都不会原谅他。

各种混乱含糊的数据在他脑子里高速旋转，他自己也无法破译，重重威胁摆在面前，他不知道哪个更危险。

他四肢发抖，牙齿开始打颤，就跟在游泳池里停留太久一样。

到点了，他该回家了。他必须回家。

他喊提奥。一喊再喊。他摇晃他的身体，哀求他。

他试了最后一次，他都快听不见自己的声音了。

他把自己的羽绒服盖在那副平躺的身体上。

然后他离开了广场。

他走到了拉莫特皮凯大街上，然后拐进格勒奈尔街，他又看了一眼时间，撒腿跑了起来。

几分钟后，他到了自己家楼下。他输入密码，进了门厅。等上几秒，等呼吸平静下来。他刚把钥匙插进锁孔，马上就听见在客厅里等他的母亲的脚步声。她张开双臂迎上来。

她说：你冻透了。

他蜷缩在她怀里，她轻轻抚摸他的头发，她说：别担心，会没事的。她没问音乐会怎么样，她大概觉得他太累了，明天他自己会讲的。

回到房间里，马蒂斯打开壁柜，原先他的衣服都放在里面。

壁柜是空的。

他往里看了好几次。

被窝里，他试着闭上眼睛。但许多画面涌进他的大脑，不停叠加、衍射，好像被一个旋转着的无形的万花筒控制着。颜色越来越鲜明，突然，四散的碎片组合变成完整的画面。清清楚楚。

浮现在他眼前的是德斯特雷老师课堂上画的示意图，他睁着眼也能看见：一颗鲜血充盈的心脏，跳动越来越慢，然后是冻结在冰里的两片肺叶，裹着一层薄薄的霜，然后是血，流到他的手上，蓝色的血。

他从床上坐起，无声的呜咽撕裂他的胸膛。

这时，他想起德斯特雷老师给他们留过她的电话，学校组织去植物园那天，她让每个学生都记下来了。

艾莲

手机响的时候已经接近午夜。一个陌生的号码。我正准备关机。我犹豫了一下，还是接了。

我听到一阵急促的呼吸声，几乎是气喘吁吁。我差点就挂了电话，但又似乎觉得电话那头的人在忍着不哭出来。我什么也没说，等着。

几秒钟后，一个孩子的声音响起。他偷偷打的电话，他的每个词都在颤抖，随时有爆发成啜泣的可能。

“您好，老师，我是马蒂斯·纪尧姆。我想告诉您，提奥昏过去了，在智利圣地亚哥广场。他就一个人。在地上。在最里面。他喝了很多酒。”

我要求他把重要信息重复一遍。多久。多长时间了。

我套上牛仔裤，抓起夹克，出了门。

我在出租车里打了急救电话。我复述了马蒂斯说的话，一字不漏。

车在广场入口停下。我急急忙忙跨过栅栏。正当我开始往黑暗里走的时候，听见出租车司机在喊我。

“女士，女士，拿这个！”

救生毯被风扬起，似乎自身在发光。